우리가 훔친 것들이 만발한다

우리가 훔친 것들이 만발한다

최문자 시집

민음의 시

255

민음사

시

이것을 견디지 않을 수 있을까?
수없이 나를 의심했다

자주 불가능해서
슬퍼할 자신이 생겼다

2019년 5월
최문자

차례

3부 나무다리

4부 너무 하얀 것들

1부
고백의 성분

고백의 환(幻)

버스 종점에 서서 오래 금요일을 기다렸다

고백하려고
개 한 마리처럼 자꾸 손을 내밀었다

고백은 나의 벽돌로 만든 나의 빨간 지붕이 달린 아직 아무도 열어 보지 못한 창문 같기도 하고 창문 아래 두고 간 그 사람 같고 내 앞을 떠나지 못하는 슬픔 같고 흰 구름 같고 비바람 불고 후드득 빗방울 날리는 것이 눈보라 같아서 내 몸 같아서 나는 고백할 수 있을까?

금요일

상처투성이 하얀 운동화를 신고 철야 기도 하러 간다 걸어서 가는 길에 손이 닿지 않는 구름이 있어서 좋았다 아무 짓도 하지 않는 구름이라 더 좋았다 회현역 근처 흰 구름 밑에서 더러운 봉지들을 찢어 버렸다 긴 시간 목이 탔던 증발 접시를 깨뜨리고 거대한 절벽 하나를 밀어 버렸다 오래 무거웠던 내가 해체되는 굉음이 구름 속에서 들렸다 우리는 각자의 색으로 기도했다 손으로 만들지 않고 새로 태어나는 외로움으로 기도했다 눈물 나게 던져도 하얗게 죽지 않는 뼈들이 기도 내내 하얗게 서성거려 주었다 주기도문을 외우고 나서 신과 한없이 더 멀어지는 느낌 자꾸 옥타브 밖으로 나가려는 나에게 기도는 흰 눈송이로 만든 눈물, 잠시 눈물을 고백이라고 오해하기도 했다

심야 버스 타고 오는데
모든 것이 녹고 있었다

마음 아래 흙이 생기고 뿌리가 달리고
강을 건널 때
이곳보다 저쪽이 더 출렁거렸다

위약(僞藥)

나를 펼치면 빵 조각이 쏟아진다
빵은 언제부터 공포가 되려고 마음먹었나
빵 따위가
그 무거운 슬픔을 그치게 해서는 안 된다
몇 개의 계단을 오르고
빵 하나를 더 먹는다
슬픔 하나를 더 알게 된다
이토록 작은 빵으로
스물다섯 청년은 어제 새벽 20층 옥상에서 추락했다
청년의 허기를 모두들 이해한다고 했다
죽음을 이해하는 방법이 정말 있을까
나는 이 도시의 빵에 대하여 알고 있다
철사처럼 질긴 빵
빤짝이는 수많은 저 창문들로부터 쏟아지는 빵들
죽음의 발자국들이 너무 많이 찍혀 있다
빵 하나를 먹는 순간
빵의 감정에 찍힌 발자국까지 먹어야 한다
어쩌자고 청년은 위약 같은 빵을 이기려고 했나?

낡은 사물들

멀리서 보면

지구의 지름에 서 있는 기분
이 오래된 길을 쭈욱 걸어서 가면 빙벽이 나타나고
우리는 깨끗한 새를 만나겠지

당신의 반대편에서 자고 반대편에서 일어나
가장 먼 거리에서 당신을 바라봤다

멀리서 보면
당신은 얼굴이 없다

수십억 개의 팔들이 지구를 껴안고
바람만이 완전한 지구의 둘레가 되고 만다

아무리 긴 지구도
피로 쓰면 한 페이지

아무리 어두워도

하루는 무섭게 반짝인다

멀리서 보면
넣을 수 있는
주머니는 모두 닫혀 있고
사랑은 갈수록 납작해

외로움은
배고픔은
멀리서 봐도
번쩍거리는 비극

더 멀리 가서 더 멀리 보면

지구는
잘 보이지 않는 낡은 사물
무섭고 겁이 나는 고체의 맛

2014년

2013년 다음에 2015년이었으면 좋겠어

오늘도 어김없이 건초 더미 사이로 2014년이 보인다

2014년의 허리는 푹 패여 있다
죽음의 지푸라기가 날리고
때때로 깊어진다
오래된 우물처럼

집에 돌아왔을 때
남자는 죽어 있었다

삶과 죽음 어느 것이 더 무서운가
죽음은
죽자마자 누울 더 크게 떠야 할 삶이 기다리고 있다

남자는 뭉텅뭉텅 사라지는 중이었고
나는 왼쪽 폐 반을 자르고
진통제 버튼을 계속 누르다가

살아나는 게 무서워 함부로 하나님을 불러냈다

매일매일

새까만 풀씨가 날아와
물에 젖고
차가운 흰 꽃이 피고

미숙하고 슬픈 기사처럼 함부로 시계 바늘을 돌렸다
　절벽과 산맥을 넘다 밤늦게 돌아와 미래가 적힌 달력을
찢었다

잎

누구의 잎으로 산다는 것

단 한 번도 내가 없는 것
새파란 건 새파랗게 운다는 뜻
뒤집혀도 슬픔은 똑같은 색깔이 된다

누구의 잎으로 산다는 건

많이 어둡고 많이 중얼거리고 많이 울먹이다 비쩍 마르고
　많이 죽고 죽어서도 가을이 그렇듯 몇 개의 마지막을
재로 만들고
　잘 으깨져서 얼어붙고 많이 망각되고
　붉은 탄피처럼 나뒹굴고
　사방에서
　연인들은 마른 소리를 내며 밟고 가는 것

누구의 잎으로 산다는 건
한 번도 꽃피지 않는 것

어금니를 다물다 겨울이 오고
마치 생각이 없다는 듯
모든 입술이 허공에서 죽음과 섞이는 것

핀의 도시

이토록 외로운 도시
핀의 도시에 삽니다

핀 하나로 눈물을 만들 수 있습니다

핀은 꽃이 아니라서
꽃을 모르고
둥근 것을 모르고
꽃까지 가려면 얼마나 여러 번 부러져야 할까요

핀 하나로
살아 있는 마음
사라지는 마음
맨손의 마음
흩날리는 마음
생피를 흘립니다

짐승의 살을 꿰매던 핀으로 나를 마구 꿰맬 때

밤에도 뾰족하게 서 있는 말들을 생각했습니다
무릎이 넘어가도 마음을 가지고 걸었던 붉은 말
말들은 둥근 것에서 출발하여 흉터에 닿습니다

말들이 돌아오면
슬퍼진 부분에서 나와
꼬리를 흔들고 싶어집니다

밤에는 말 울음소리가 들립니다
유난히 슬픈 것에만 작동하는 후들거리는 말의 목소리
핀 속으로 들어간 말의 몸들은 아직도 나오지 않고 있
습니다
얼마나 아파야 할까요

모르는 사이
꽃은 피고

모르는 사이
핀은 가라앉겠지요

밤의 경험

초등학교 4학년 때 전학을 했다

나만 어머니가 맞춰 온 생나무 의자에 앉았다 크고 단단한, 나보다 밝은, 내가 푹푹 빠지던 의자 나만 다르다는 다발성의 고독과 날마다 나오는 이상한 자세를 고치며 반듯한 것이 나의 의자가 될 때까지 나와 의자는 어머니가 가고 싶었던 방향으로 놓여 있었다

반듯한 책상 앞에 앉으려고 사라지고 만나고 결국은 어두웠다

의자에서 깨어날수록 더 어두웠다

나는 얼마만큼의 어둠이 더 필요했을까?

금속성 지퍼가 주욱 잠기며 만드는 안쪽의 어둠처럼

불편함의 목록을 써서 벽에 붙여 놓아도 아무렇지 않은 어둠의 얼굴들이 필요했다

사람이 자기 의자로부터 사라지는 데 드는 시간은 얼마나 걸릴까?

다리뼈가 부러지는 생각을 견디는 의자들

숨이 멎어도 산 척하는 의자들

뒤따라오는 모르는 자들의 의자와 섞이는데

밤 산책 길, 한 줌 죽음을 견디는 풀잎처럼 작은 힘으로
오래 걸렸다
　그때의 의자
　나무들의 눈물로 만들고 울지도 못하게 하던
　파고 파고 또 파도 내놓지 않던 어머니의 숨은 흙

　죽음은 의자도 없이 굳건해지고
　나는 의자에서 자꾸 흙으로 흘러내리고 있다

고백성

짐승에게도
고백의 성분이 있을까?
아직 비린 덩어리일 텐데
눈물 없는 데서 고백을 꺼내는 일
할 수 없으니까 짐승들은 털만 따뜻했다

숲에서
짐승들이 불현듯 울었지만 고백이 아니다
몸 안에서도 몸 밖에서도
실패
곧 그들은 무심히 드러눕고 나는 서 있다

고백을 참을 때마다
머리카락이 한 움큼씩 빠졌다

고백할 게 많아도
짐승처럼 지냈다
고백 없이

누가 불빛을 가려 줘도

고백하지 못했다
하얀 것들이 모자라서
나는 새하얀 것들을 믿는다
대부분 고백이라서

숲의 하루는 무참히 저물고
고백이 상하는 동안

고백이 그리운 사람들
그 어두운 골목에
우수수 떨어지는
부스러기
부스러기들
뒤집어 본다

고백이 거의 사라진 사람들이 걸어 나온다
화들짝 놀란다
고백을 삼킨 사람들이 얼마나 빠르게 짐승의 두 눈을
갖는지

종소리

텔레비전에서 어떤 나쁜 남자가 말했다 '사랑은 5분간만
빛나다 사라지는 거'라고
그의 여자는 그 5분을 믿었을 것이다

여자는 평생 시계를 보지 않겠지?
바람 한 장 같은 5분
아마도 평생 5분을 녹여 먹으며 녹을까 봐 추운 지방에
서 살 거야

서로의 중력과 속도의 차이는 5분

5분은
여전히 거기 있다가 문득
거기 없어도
아득한 공기처럼 무한히 지나가는 은하계 저편
흘러넘치는 그 어떤 시간

5분과 5분 아닌 모든 것 사이에 나는 서 있다
나의 물고기들은 5분이 너무 배고파 벌써 몇백 마리나

죽었다 5분이라는 무중력의 시간과 누구의 것도 아닌 5분의 허공, 거기를 지나가는 동안 우리는 서로 다른 리듬의 종소리를 듣는다 안 보이는 혹성처럼 여전히 거기 있는 그에게 나와 무관한 동박새를 더 사랑하는 그에게 네루다 로르카도 전혀 모르는 그에게 나머지는 모두가 난해한 바람이었던 그에게,

그를 해바라기처럼 베어 버리고 빠따고니아로 떠난 적이 있다

빠따고니아 얼음 절벽을 보며 걸을 때
해바라기 베어 낸 자리에서 해바라기 없어지는 소리가 났다
종소리 같은

비누들의 페이지

눈물이 나는 건
슬픈 시를 쓰는 건
모두 비누 때문이지
소량의 물에도 사라지는 거품이 그리는 그림
불행한 불확실성 때문이지

죽어도 거품이 일어나지 않던 그해
논문 두 편 쓰고
두 번째 아이를 지우고
가능하지도 결코 불가능하지도 않았던
빡빡한 영혼으로 누구를 사랑한 적 있다
끊어진 계단
무릎을 다치며
귀뚜라미 두 마리처럼
유리문에 숨을 불고 작은 소리를 내다 죽는 일이었다
나를 모르는 자와
그를 모르는 내가
비누의 페이지로 가서
거품으로 말을 나누고

장롱 깊은 곳에 그 말들을 넣어 두었지만
말조차 깊은 비누였던 것

깊은 서랍을 열고
쓸데없이 남은 것들을 뒤적이다 그때의 분홍 비누 한 조
각을 찾아냈다
지금은 어떤 거품을 만들지 고민하지 않는다

얼마나 달렸을까
어떤 후회스러운 청춘이 지나간 미끄러운 길로
한 불확실한 거품을 통해
그해 겨울
끝없이 폭설이 내리고
거짓말처럼 나의 모든 비누들은 눈 속에 잠들었다

위험한 하나님

아버지,
어젯밤 이불이 젖었어
그래 안다

어제 전사처럼 싸우다 피 흘리고 돌아왔어
나는 눈물보다 피가 많은가 봐
그래 안다

날마다 다른 내용의 피가 쏟아져
그래 안다

아버지는
내가 익사할 바다야
위험한 근처까지 왔어
그래 안다

헤엄치지 마라
어떤 손목으로도

눈물보다 연약한 아버지를 낳고 싶었어
그래 안다

아버지,
생선 가시가 많은 사람들이 나를 호명해
더 많은 이불이 필요해

그래 안다

아버지
착해질 시간이 없어
그래 안다

한 조각의 헝겊처럼 나는 펄럭펄럭 날아간다
"그래 안다."라고 말하는 그에게

집

과거를 모르는 오래된 먼지와 껍질이 없는 나의 기록들
가만가만 생강 냄새가 난다

조그만 눈물 같기도 하지
조그만 뒷마당 같기도 하지
골목이 막 달아났다
여기서
빗소리 같은 시집 몇 권 쓰고 수도 없이 돌아누웠다

사라진 나의 아이들
돌아온 나의 엄마들
죽어 버린 남자들
새로 이사 오지 않는 부부들
가다가 내린 사람들

종이에 다 쓰고
나를 깜빡 잃어버리고
꽃집에서 데리고 온 둥근 꽃들을 보고 웃는다

나도 모르는 깜깜한 페이지만 남았다

사이

1
낱말이 홀로 내는 소리를 듣는 것
물론 황홀하지
비 내리는 저녁
번지는 마음이라면
당신을 이해하는 데 꼭 띄어쓰기를 해야 할까?

띄어 쓸 때마다
우리는 별들을 잃었다
별과 별 사이
떨어져야 할 곳에
별의 더 어린 알들이 잠들어 있었지

누군가
겅수리 근처에다 ∨표를 친다
나는 당신의 다음 행, 다음 페이지, 끝내 책 표지 바깥
으로 훌쩍 밀려나고
당신의 낱말과 나의 말들은 무수히 감각을 잃는다

어느 하루
누구를 이해하는 데
꼭 아픈 자의 발목을 자르고 홀수의 감각을 만들고 얼
음이 되어야 할까?

우리는
모두 알 듯 말 듯한 문장

느낌은
느낌 모두가 마음이라서
가득하다면
잎이 달린다

이 겨울
단추를 풀면
말의 과적으로 우리는 비틀거리고
가슴은 새의 유적지처럼 비밀로 가득 찰 것이다

2
신발을 신 발이라고 띄어 쓰고 싶다

가고 싶은 곳을 데려다주지 못하는 무능함과
슬픈 곳에서만 벗겨지는 난처함을
비행하고 싶은 발에다
바싹 붙여 써야 할까

2부
우리가 버린 말들

오렌지에게

사랑할 때는 서로 오렌지이고 싶지
먼 곳에서 익고 있는
어금니가 새파란

이미 사랑이 끝난 자들은
저것이 사랑인가 묻는다
슬픈 모양으로 생긴 위험하게 생긴 내린 비가 부족해서
파랗게 죽을지도 모르는 저것
사랑하기에 좋도록 둥근, 바람에 대해 쓰러지기 좋은 죽
기에도 좋은 저것

우리는 쓰러지기도 전에 겁이 나서

오렌지는 너무나 굳게 오렌지를 쥐고
나는 어디에도 없는 나를 쥐고

짐승처럼 나빠지고 싶은 오 두려운 여름, 거짓으로 빚어
지는 둥그런 항아리 같은 저것

저것의 안을 깨뜨리며

죽었던 여름이 우리를 지나갔다

우기

오늘 비는 아무에게나 슬픔을 나눠 준다 우기에는 네 말이 옳았다 오래오래 젖다가 수채화 같은 슬픔이 온다는 말, 하루 종일 비가 내렸다 사과나무 가지 끝 풋사과 옆이 무너졌다 나도 저렇게 아픈 데를 씻다가 무너졌다 슬픔이 없다면 슬픈 게 여럿이던 나도 없을 것이다 내가 없다면 줄곧 믿어 왔던 이 많은 책들과 수없이 눌렀던 어두운 버튼들, 맘에 내내 서 있던 사람 서랍 속의 흉터들 모두 혼자일 것이다 온 힘을 다해 저렇게 흠뻑 슬플 것이다 죽을 것처럼 들고 온 것들, 저렇게 말할 수 없어서 짧게 말할 수 없어서 슬픔은 머리카락이 길고 형용사처럼 영롱하다 우기에는 슬픈 게 슬픈 걸 찾아낸다 점 하나 없는 슬픔 언제 그칠까? 슬픔 곁을 개처럼 지키고 있다

흐림

허공에 흐린 예감이 있다
기다란 숨 같은
차가운 형식 하나
무서운 부력으로 숨어 있다
그날
세상이 온통 흐리고
비행기 한 대가 추락했다
저먼윙스가 앞발을 들고 알프스 산을 들이받았다
너무 오래 누군가가 노려보던 사과도
나무에서 떨어졌다
긴 풀을 들이받고 죽었다
검은 개들이 짖었다

저녁 9시를 슬프게 보내고
사람들은 사과를 깎았다
우연히 시작된 추락이라고 믿을 때마다 흰 손을 베었디
한 무리의 개들이 화난 얼굴로 잠드는 밤
텔레비전 앞에서 오래오래 사과와 비행기를 주고받았다

아슬아슬할 때마다
흐림은 예감은 있지만
받침이 없어 읽을 수 없어 난처했다
몇 시간이고 걸어 있다
흐린 날
흐린 하늘 아래 서 있다
뿌옇게 허공을 흔드는 흐림의 끝
안개가 오고 그런 리듬으로
내게 오고 있다
날개를 쓰러트리러 오는 절벽

난해한 고독

어두운 골목에 서서
늑대가 되기 직전까지 악수를 나누고 돌아오는 저녁
지하철을 타고 『카프카에서 카프카로』를 읽었다
옆자리 사람들
난해한 책을 읽지 않아도
나보다 희고 밤 늑대처럼 머리카락이 은색으로 빛났다

책을 사이에 두고
나와 그들 사이가 깊이 패인다
우리는 점점 모르는 사람이 되고
어느 날 아침 잠에서 깨어났을 때 갑자기 벌레가 되어
버린 그레고르처럼
나에게만 징그러운 벌레의 발이 달리는 감각
불가능한 책의 첫 페이지
기프카가 어색하게 웃고 있다

선바위역에 내리니 싸락눈이 날렸다
카프카를 읽지 않아도
사람들은 쉽게 슬픔 없는 곳으로 가고

사람을 데려간다는 늑대 길에 서서
카프카와 나는 별을 보고 있다

맨드라미 책

두꺼운 책을 들고 시장에 간다 첫 가게에서 흰 무명 양
말을 샀다 너무 고요해서 줄 사람이 없었다 색색 양말들이
내가 든 책을 자꾸 바라본다 다음 가게 그다음 가게를 지
나친다 머뭇거려도 아무도 나를 알아보지 못했다 이 시장
에서 나는 가장 쓸모없는 자 여기선 나를 잃어버릴 자신이
생긴다 나를 잃는 대신 꽃무늬 여름을 잃어버렸다

이제껏 잃어버린 것 중에 고요가 가장 무섭다
귀를 그려 놓고 붓을 말리는 고요

모두 아슬아슬하게 떠들고 있었지만 책을 들고 나는
고요하다 고요해서 자주 넘어지거나 캄캄해도 고요하다

책은 여전히 무거웠다
쓸데없이 무거워지고 위험해지는 건 내가 자주 하던 연습

보건소 앞에서 버스를 기다렸다 아무도 흰 양말을 신으
러 오지 않을 것이다

책 어느 페이지에서 나는 맨드라미 냄새
피 없이도 피가 가득했다
고요에서 나는 피
어느 페이지로 흘러가고 있을까

물의 기분

물을 삼킬 때
목에 걸리는 알몸의 실체
물의 기분을 안다
단순히 흘러가는 게 아니라
나의 이야기 속을 걸어간다
시의 맨 처음으로 가는 느낌
작고 부드러운 터치
이건 이빨이 아니지
녹을 것 다 녹이고
녹지 않겠다는 것까지 다 녹이고
눈을 감아 보고
누구에게 실컷 쏟아져 있다가
끊임없이 누굴 따라가는

우리의 밑그림이 마르고 있었다
"잊을 거야, 잊을 거야." 하면서
이별은 단호하게 시작됐다
세차게 차 버릴 수 없는 발목으로
어딘가를 헤엄쳐 간다

비가 내리는 거리에서
나는 상처를 가리고
바지를 세 단씩 접으면서
그래도 당신은 새털구름처럼 웃었다

매번 물이 있어서
당신은 그토록 우리를 지우는 사람
우린 그런
물의 기분

초식성

스무 살 때
스무 살이 흔들렸지
스무 살은 초식성
깨끗한 얼굴을 숙이고
여린 풀을 먹는 기쁨이 있었지
맘에서 풀 냄새가 나고
사물들은 영영 다른 색으로 보였어
그때 서로 만져 본 청춘
망고 주스를 마시면
50년이 지난 지금도
흔들릴 줄 알아
어두운 뒤뜰 허(虛) 위에서
심하게 흔들려
취한 벌레처럼
분명 퇴행의 감정이 있어
아름답고 나면
더 어두워
50년 묵은 맘 안쪽이 늘 소복했다
스무 살의 붉은 무덤들

산에서 죽고 견디다 죽고 희미해서 죽고 전력을 다해 꽃
피려다 죽은 기쁨들

아무도 이 기쁨을 슬픔이라고 의심하지 않아

이토록 추운 곳에서도

스무 살의 불빛 불빛들 그들이 마신 물과 빵이 필요해

스무 살을 녹여 먹다 나는 자주 들켰다

풀을 놓치고 울어 본 적도 있다

한 번도 쉬지 않고 나는 늙고 있었어

부화

사과를 사과라고 부르면 사과가 사라진다 노트에 사과
라고 적었다 사과는 기척이 없다 사과는 죽고 우리는 사과
의 무덤을 사과라고 읽었다 사과는 사과 속에서 나와 사과
를 넘어 사과 아닌 것들에게 가 있다 죽고 싶은 데로 가 버
리는 사과들 사과를 시로 썼지만 사과가 없는 채로 썼다
사라진 사과들은 이상하게 타인의 무릎 위에서 비 맞은 흙
속에서, 혹은 북유럽 관목 숲에서 쏟아지는 눈 속에서 찾
아냈다

파꽃을 그리는 화가에게 들었다 파꽃을 그리면서 수년
동안 파꽃을 무참히 죽였다고

어떤 날은 밤새 부스럭거린다
사과들이 발생하고 있다

old한 연애

그해 겨울

우리는 검정색 만년필을 나눠 가졌다 그리고 선물을 기다리듯 작은 엽서, 한 줄의 글을 기다렸다 쓰고 지운 글들이 흙처럼 쌓였다 어쩔 수 없는 일이다 우리는 포크레인으로 아무것도 파내지 않았다 책상에 엎드려 잠든 밤 이럴 때 푸른 잉크는 노골적이다 엽총을 겨눠도 어떤 감정을 죽이지 않고 썼다 그대로 푸르다가 아슬아슬하게 위험한 국경을 넘고 곧 피로 번졌다 잉크가 마르고 낯선 병이 찾아오고 아파서 엽서를 구기고 슬픈 시 몇 편 쓰고 나니 또 겨울이 왔다 나무들은 초겨울에 실신하면 새봄이 되어서야 깨어났다 혼절해도 깨어나도 우리는 여전히 만년필을 사랑했고 선물을 받지 못했다 서로 다른 창밖으로 봄눈이 내리고 몇십 번씩 꽃이 떨어져도 우리는 돌아서서 열심히 그리워했다 머리카락이 희게 변하고 있었다

개꿈

어제

개 한 마리를 잃어버렸습니다

함부로 웃다 우뚝 서 보니 개가 없었습니다

그리고 그날 밤

개가 되는 악몽을 꿨습니다

개와 내가 뒤집히는 꿈

목덜미에 줄을 매고 개에게 꼬리 치고 있었습니다

꿈을 깨고 생각했습니다

개였던 짤막짤막한 흔적들을 이으면 나도 기다랗고 살

찐 개였습니다

사람의 수분이 술술 다 빠져나가

먼발치에서 봐도 개가 되기에 충분한 수치심이 있습니다

개가 되지 않으려고 여러 번 깨어났습니다

아직도 그냥 못 놔주는 목줄

어떤 사람이 쥐고 있습니다

늦은 오후

털을 적시며 시인들에게 가고 있습니다

냄새에 은밀해지지 말자

꿈속까지 떠도는 개들과

우리는 시 한 편을 같이 읽을 수 없는 사이
함부로 웃다가 서로 잃어버리는 사이
무수한 개들을 헤치며 창백한 내게로 가고 있습니다

수업 시대

어려서부터 높은 곳을 무서워했다

남편은 괜찮을 거라면서 우리는 20층에서 6년이나 살았다
안방이 세상의 모든 가로수보다 높았다

나를 막 끌어내리려는 벼랑에서 나는 '높다'라는 말을
수도 없이 삼켰다
우리는 날마다 벼랑 끝 식사를 하고 벼랑 속으로 들어
가는 연습을 했다

땅에서 멀어질수록 기르던 고양이는 잔인해졌다

20층에서 내려다보는 기분

어렴풋이 채송화 몇 송이 펴 있고 어렴풋이 벌레들이 기
어가고 어렴풋이 새들이 날파리처럼 날아다니고 어렴풋이
눈사람이 녹고 사람들은 어렴풋이 사람인 것처럼 보였다
어렴풋한 세계가 벼랑 저 아래 있었다
20층에서 내려와 땅을 디디며 어렴풋해지는 연습을 했다

날마다 땅에서 일하고 20층에서 뭔가를 기다렸다
높이를 향해 몰려드는 것들을 입술에 꽉 물고 지냈다

허공을 좋아했지만
허공 속으로 들어가면 또 다른 허공이 사는 줄 몰랐다

폭우가 내리면
우리는 20층으로 올라오는 땅의 온도를 기다렸다

어떤 수족

오른손에 깁스를 하고
사흘을 아프게 보낸 것 같다
오른손은 형광등처럼 나가 버리고
왼손은 갑자기 손이 두 개인 것처럼 일했다
캄캄한 복도를 걸어갈 때
왼손이 방문을 열어 준다
이대로 오른손이 돌이 된다면
왼손은
웃는 표정일까
두 명인 것처럼
두 배의 죄를 짓고
두 배로 불행할까
갈수록
왼손은 애인이 되고
스푼이 되어 흰밥을 떠먹여 주고
서랍을 열어 주고
때때로 포근했다
왼손이 이렇게 크다니
사람들은 모두 왼쪽으로 가고

슬퍼도 구부릴 수 없는 어떤 수족
타인을 만지는 느낌
패자의 느낌은 딱딱했다

오늘

시를 쓰고 있었다
너무 오래 나를 의심하면서

나를 열어젖히면 오늘이 은밀했다
바람 맛이 나는 이곳 긴 터널을 걸어 나왔다

시를 멈추면 시를 멈추지 못하는 자들 사이에 서 있었다
미래와 어제가 딸려 오고 득실거리는 실패까지 파고든다

누가 나에게 숨 가쁘게 살라고 했을까
물속의 물고기들은 반쯤 상한 아가미를 기억하지 않아
오늘은
왜 더 자주 하강하나

우리는 아무도 죽어 보지 못한 사람
시인이 죽은 다음에 어떤 오늘이 살아서 터벅터벅 걸
어 나올까

오늘 죽도록 쓰고 내일 죽지 못했다

슬픈 색을 칠하고 자꾸자꾸 숨 가쁜

천천히 죽어 가는

오늘의 아가미

팔

당신은 파랑구나
활주로에서 막 떠오르는 비행기 한 대 같은 그리움도
있고
당신은 두 명인 것처럼
얼굴 뒤에 얼굴이 있고
힘센 구름도 있고
팔도 여럿이다
당신은 먼 나라
팔마다 먼 나라의 시계를 차고
당신은 웃는다

당신을 배우려다 나는
두 개뿐인 가느다란 팔로
두 배의 죄를 짓고

사흘 후 깨어나 보니
싸락눈이 내리고 있었다

강가에 내려가 두 팔을 씻었다

팔과 팔이 아닌 것 그 사이
그날 밤
씻겨 나간 팔의 이야기를 다 얘기할 수 없다

이건 오래 쓰다 다친 엄마의 부위야

아무도 보이지 않았다
먹물빛 골목에 새하얀 싸락눈
두 팔을 번쩍 들어 본다

목화밭

목덜미가 새하얀 목화였는데

엉덩이에 솜 보푸라기를 달고 뽀얗게 생각이 부풀어 목화밭에서 걸어 나올 수 있을 것 같았는데

아팠던 구덩이마다 하얀 게
나는 목화밭인 줄 알았지

더러운 종이컵을 만지작거리며 도심에 오래 살게 되었다

그들이 말 대신 으르렁거리며 나에게 덤빌 때
방망이를 휘둘렀는데

어디서 젖었을까
방망이에 붉은 솜이 슬픈 색깔로 녹아 있었다

희디흰 크기를 가진 미영밭
잡아당기면
이마에 얹히는 죽은 솜의 느낌

언제 죽은 꽃일까
하얗고 차갑다가
횡단보도를 건널 때 툭툭 떨어졌다

보풀보풀 엉덩이를 따라다니던 목화솜
나는 내가 목화밭인 줄 알았지

꽃구경

이 집에다
나를 버리고 갔다
산 자들과 죽도록 어울리라고 일기까지 써 놓고 갔다
꽃구경 가는 사람처럼
길고 길었던 기차 한 대처럼
그렇게 빠져나갔다
탁자 위에
무음으로 타는 초록 양초 한 자루도 두고 갔다
지치면 혼자 울어 버리는 줄도 모르고
더 많은 것도 두고 갔다
쓸쓸함에다 혼자서 바싹 마른 양말
발로 차 보고 싶은 발목 근처에서
아주 길게 기차 소리가 났다
굽이굽이 꽃이 필요했다
꽃구경 가는 사람처럼 집을 나섰다
아주 긴 두 종류의 슬픔끼리 서로 마주 보면서
레일은 무작정 기차를 기다렸다
슬픈 데가 다 말라도 기차를 기다렸다
완행열차는 망각처럼 느리다

잊지 못했던 것처럼 기차가 들어온다
막 떨어지려는 꽃잎과 막 울려던 나를 뚫고
기차 한 대 들어선다
기차는 아픈 곳을 지나치고
꽃잎들은 꽃나무 가지를 놓았다
꽃잎이
창가에 앉은 사람들이 나를 쳐다보았다
무슨 수로 꽃구경을 하겠는가

이 병의 목적은 악취가 나는 것
많은 빗자루를 가지고 있다

깊은 강

태오야, 사람이었다가 소금으로 넘어올 때 나는 새를 모두 날려 보냈다
몇 마리 서성거리던 사슴들도 떠나보냈다

나는 깊은 강가에서 태어났는데
가슴속엔 소금이 넘친다
짜게 말하고 짜게 웃는다

하나님이 부를 때 나는 쌓이고 녹았다 맵고 짜고 단호한 심장이 없었다
흰 돛을 달고 생각의 절반은 출렁거렸다
아무래도 소금이 아닌 것 같다

시를 쓰고 눈물을 닦고
수면보다 400미터나 내려가 그렁그렁 소금 덩어리로 솟아 있다
이것은 사해다 잃고 또 잃고 소금만 남았다

소금처럼 말하고 소금처럼 웃는다 아무것도 썩지 않는다

아무것도 살지 않는다

　태오야, 국적 없는 소금이 밤마다 역류한다
　소금밭을 뒤엎고 깊은 강을 찾아갈까?

튜닝

그 무엇이 없어지지 않는 병에 걸렸다

튜닝이 안 되는 병
이 병의 증세는 이전의 소리에서 악취가 나는 것
많은 빗자루를 가지고 있어야 한다

서랍을 열고
줄 없는 노트를 꺼내면
당신은 꽃을 그리고
나는 아직도 짐승을 그리워한다
남몰래
맘에도 없는 신발을 신고
아파서
아름답게 걷는 법조차 잊어버렸다
몇 차례
연필로 분홍빛 일기를 썼다가 일기 속에서도
마음을 숨기고 흙으로 덮었다
이대로 자꾸 나를 베어 버린다면
평평한 수평의 음들이 되겠지

자주 산책을 나갔다

집을 나가면 계속 계속 하늘이 나온다

아이들은 작은 새처럼 날았고 나는 느리게 걸어갔다

의자들은 많았지만 새로운 감정들이 쏟아져 있었다

그곳에 감춰져 있는 노을

붉어서 사람들은 붉은 구름을 좋아했다

튜닝이 잘 되는 구름을 좋아했다

난 어디서나 잘 보이지 않았다

골목길에서도 잘 흐르지 않았다

헐리고 있는 사랑들이 흐려졌다 가물가물 돌아오는 시간

튜닝한다

모든 냄새를

우르륵 일어나는 낯선 언어를

온몸으로 헤어진

우리가 버린 말들

침묵 소리 그리고 그리운 빛깔들을

진화

숯을 품고 있었다
불은 나의 형식
머리카락이 길고
타는 곳에서 더 타는 곳으로
새처럼 날아다녔다

어제
가장 무서운 연기를 마시고
오늘 나만 남았다

동쪽에서 자라는 나의 밀밭이 있다
멀리서 보면 푸른 비극
그 사잇길을 걸어서
새 노트를 사러 갔다
불의 일기를 쓰고
지우지 않고
만지고 넘기고 오래 읽었다

자꾸 물을 깨닫는 오후

생각하기 시작했다
갑자기 물로 떠돌자는 것

가장 슬픈 색깔은
타지 못하는 색깔

가슴에 물만 남아서
숯은 이제 미지근한 슬픈 액체

연 날리기

바람 부는 날
애인은 자꾸 울었다
이륙하고 싶어서

줄을 감았다 풀어 줬다 했다

흔들흔들
너무 차갑다고
너무 뜨겁다고
애인은 날아가지 않았다

차라리
자주 착륙하는 절망을 사랑하자

연은 상수리나무 높은 가지 끝에 걸렸다

애인에 대해서 잘 알지 못했다
눈물에 대하여 낙법에 대하여 무모했던 애인의 애인
너무 먼 데서 애인의 실을 잡고 있었다

파릇한 나뭇가지
거기 애인을 얹어 놓고 하산했다

온갖 잿빛 구름 아래서
애인은 정지해 있다
아무도 으르렁거리지 못하게
당기면 팽팽하다

여름에 찢어지고
겨울에 아무렇게나 얼어붙을 애인

바람 부는 밤
밖은 음산했고 애인은 뒤에서 울었다

연은 죽은 새처럼 말이 없다가
무섭게 몸을 떨었다
실을 아무리 풀어 줘도 날아가지 않았다

가난한 애인

가난한 남자와 결혼했다
신랑은 가난했다
자꾸 손을 자주 씻었다
잠깐, 잠깐만이라도
하면서 빨랫비누로 가난한 지문을 지웠다

신랑은 혼자 쓰러지지 않았다
가난을 데리고
나를 데리고
하루 종일 통이 넓은 가난을 끌고 다녔다

보리빵 조각을 나눠 먹고
홀쭉한 뼈가 자라면
가난은 얼굴이 되었다

40년 훌쩍 지나
가난은 이제 배가 부르고
죽어 가는 아무것도 구원하지 않았다

뼈를 뿌렸던 백령도로 가는 파도 위에
시집 한 권
밍밍한 보리빵 세 개
겉봉도 쓰지 않고 던졌다

남자는 이제 손을 씻지 않는다
너무 많이 만져 본 둥그런 빵 조각도 놓친다
툭툭 다 떨어뜨렸다

진눈깨비가 함부로 울려고 했다

안녕,
아무 데나 뿌리내리고 우거졌던
가난한 나의 빵 조각들
쏴쏴, 바닷속 시집 페이지가 넘어갔다

다른 빵

미지근한 것들은 불길해 공원을 걷다가도 미지근하게 피는 꽃의 최후를 본다 어려서부터 미지근한 것들의 최후를 읽었다 이곳에서 미지근한 빵을 먹으며 지낸다 미지근한 욕조의 물처럼 미지근한 기도처럼 그날 데모 군중 끝에서 미지근한 얼굴로 따라가던 어떤 시인처럼 가장 늦게 남아 있는 나의 온도, 무슨 정말인 것처럼 날마다 멀리서 나에게 오고 있다 이렇게 생각이 다른 빵을 먹고 멸망할 수도 있어

미지근한 것을 꽉 깨무는 순간 분명해진다 세상은 맹세처럼 시고 달고 짜고 매운 혀가 넘쳐 난다 저마다 다른 빵을 찾는다 어제와 같은 미지근한 오늘인데 세상의 혀는 왜 자꾸만 정확해지는 걸까 기다리지도 않는데 돌아오는 생일, 그것조차 나의 것이 아닌 것 같은 기분 모서리 없는 미지근한 생일 축하 케이크를 자른다

다른 빵을 먹고 섬광이 되고 싶다
미지근함으로부터 탈구된 단 한 줄의 시라도

3부
나무다리

크레바스

나는 너를 돌아본 적 있다
해바라기 씨를 심고 해바라기를 돌듯
너를 심고 너를 돌 때
텅 빈 적막을 알았다
물 주는 시간을 알았다
해바라기처럼 눈 감는 시간을 알았다
세상 모든 정오에
샛노란 꽃잎도 까맣게 타 죽으려는 것을 알았다
새들은
너무 펄럭이면서
나를 돌다 세상까지 돌고 있다는 것을 알았다
죽음보다 더 많이 죽으려고
눈물방울이 허공을 뛰어내리는 것을 알았다
해바라기가 자라서
나를 돌고도 남을 때
말도 안 되는 모국어로
커다랗고 둥근 꽃 한 송이가 나를 사랑한다고 말한 적
있다
해바라기 베어 낸 자리

해바라기가 빠져 죽은 크레바스
나는 여름에도 빙벽 위를 달리는 여자
건너뛰다 보았다
보름달처럼 떠오르는 둥근 해바라기 꽃잎
한여름에도 크레바스를 만들고 있는 너를 알았다
너도 나처럼 나를 돌고 있었다

부활절

찰스는 찰스를 숨긴다

9호선 환승역 사람들이 고여 있는 칸칸 구름 끼는 그곳에 찰스와 함께 타고 있다는 느낌

어느 숲에서 한 바퀴 돌아 나온 작은 새처럼 만질 수 없지만

부활절 새벽 흘러 들어온 사람들에게서 아, 몇 초간 깃털 냄새가 났다

축구 경기장에서 공을 넣고도 내게선 늘 실패의 냄새가 났다 발목에서 시작하고 반짝이다 내게로 왔다 찰나의 고요한 별처럼……

점점 말라 가는 내게 찰스가 있다는 신비

찰스는 공격수가 아니다 찰스는 골에 공을 넣게 해 주는 모호한 나의 어시스트

나의 흔들림 나의 폐허 찰스는 자기를 뭉텅뭉텅 지울 줄 안다 찰스는 찰스가

찰스처럼 서 있지 못하게 끝내 찰스의 부스러기까지 입으로 호, 불어 버린다

찰스가 찰스를 탈탈 털어 버리고 머뭇거린다 관중 저기
서 승자를 외치면 나는
공을 넣고 찰스는 흰 종이로 죽어 준다

비 오는 날 찰스는 젖는다 나는 우산을 쓰고 찰스는 비
를 맞는다
사람들은 젖은 종이를 줍지 않았다 젖은 찰스는 이제
어디로 가나 부풀고 더러워진 채로
어디로 가나 아침에 나가 보니 죽은 꽃잎들이 찰스를 덮
었다 어디에 묻을까 여기는
들판이 모두 뚫려 있는데

돌문을 치우고 무덤 속 찰스를 꾸욱 누르면 풍금 소리
가 났다

비 오는 날 빗소리를 잊어버리고 풍금 소리글 듣는다 봄
이 왔다고
여름도 오려고 한다 텅텅 빈 무덤에서 막 올라오는 깃털
냄새

찰스가 시퍼렇게 자라나도 찰스의 꽃가지를 꺾지 마라
예수를 찰스라고 부르기로 했다

고부스탄

저기
석기 시대 들녘으로
새들이 돌아오고
비린 바람이 돌아오고
우리는 아제르바이잔 고부스탄 돌산으로 가고 있었다

소녀 때부터일까
나,
돌과 비슷해 보여 가만히 있어도 무거워 보여
걸을 때마다 커다란 짐승 버석거리는 소리가 나
이따금 큰 바위가 굴러
내 뼈 속에
오래된 암각화
나는 돌을 믿을래

4만 년 전
허기진 쪽의 바위들
어느 남자가 이토록 쓸쓸한 바람을 돌의 등에 새겼을
까 한때 싸움이었을 사랑이었을 흩날리던 나뭇잎까지 조

금씩 조금씩 그림을 남겼다 돛을 단 배와 힘센 황소 도마
뱀과 사슴, 권력자들의 이름 사냥하다 춤추는 얄리얄리 사
람, 얼굴을 가리고 우는 한 여자, 돌에 깊이 새겨진 눈물도
있다

　　바위를 지나간 사람과 돌 앞에 서 있는 사람
　　모두 제 상처를 벌리며
　　폐허가 어떤 그림을 그렸다
　　바위 어느 상처를 찔러도 갈피갈피 별빛이다
　　반짝인다

　　우리는 바투를 떠나고 있었다

빠름 빠름 빠름

빠름과 야합한 적이 있다

이른 새벽
빠른 케이티엑스 타고 세 시간 달리는 동안 프랑스 작가
키냐르의 난해하고 두꺼운 소설 한 권 읽어 치우고 남자 만
나 식사하고 커피 마시는 동안 하고 싶은 말은 한 마디도
못 꺼내고 애매모호한 기분으로 쫓기듯 부산으로 가서 두
시간 문학 강의하고 질문받고 뒷풀이까지 하고 빠른 케이
티엑스 타고 다시 서울로 올라와 서울역 대합실에서 이혼하
고 싶다는 후배 시인 제대로 말리지도 못하고 겨우 자판기
커피 한잔 같이 마실 때 후배는 해쓱한 얼굴에 아직 눈물
도 지워지지 않았는데 손 몇 번 흔들어 주고 집으로 돌아
와 샤워까지 끝내도 엉터리 하루가 끝나려면 아직 30분이
나 남아돌았다.

자리에 누우니 육중한 후회는 빠르게 사라지지 않는다
어디로 갔나
오래 걸려야 맺히던 내 시간의 영롱했던 물방울들

진종일 닳고 닳은 빠름 빠름 빠름
빠름과 빠름 사이 가볍고 짧고 허기진 쓰디쓴 시간들
이 북새통에 한참을 기다려 주는 애인은 없어졌다
시간이 아닌데 무슨 시간이라도 되는 듯한
빠름 빠름 빠름

밤에는

얼마나 낮이 무거운지 새들은 밤에 죽습니다 밤은 가끔 내 맘에 듭니다 증거 없이도 믿어집니다 밤에는 눈을 부릅뜬 물고기를 때려잡지 못해도 와인 잔을 들고 취해 본 적 없어도 비틀거리다 자주 웃고 그리우면 눈물 핑 돕니다 이유 없이 한 계절에 몇 번씩 그가 나를 모른 체해도 밤이 와 주면 밤의 가게처럼 철문을 닫고 사계절 검은 의자에서 나의 실패담을 썼습니다 아직도 나는 별빛이 모자랍니다 낮이 얼마나 쓰라린지 벌레처럼 밤에 맘 놓고 웁니다 낮에 아팠던 자들의 기침 소리가 들립니다 낮 동안 너무 환한 재를 마시고 밤에 심한 기침을 합니다 쿨룩쿨룩 참았던 낮이 불쑥불쑥 튀어나옵니다 피가 섞여 나옵니다 어떤 기도가 이 밤을 이길까요

재

재의 수요일
누구는 돌을 나르고
누구는 구멍을 파고

수요일엔 나만 남았다
눈과 귀가 깨끗해지는
나무다리를 보러 가자고 했다

첨탑을 올려다본다
은총은 비처럼 내리거나 딱딱하기도 했다
처음 사랑처럼
목이 메이기도 했다

그는 거미가 아니다
어디쯤에다 거미줄을 치지 않았다
줄 없이 어디쯤에서 우리를 만나 주는
간절했던 것과 늘 반대 방향으로 나와 있는
나무다리

다리는 너무 희미해서
강물을 넘을 때
보이다가 보이지 않다가 한다

수요일은
나무다리를 건너기로 했다
이마에 재를 바르고
맨발로 엎드리고 귀를 막는다

나쁜 것들은 쌓이거나 가라앉았다

강철로 만든 죄 위로
둥둥 떠다니는 불빛

곳곳에 떨어뜨린 기도에 내 슬픔이 걸린다

멀리서 내가 재를 털고 있는 소리를
그가 듣고 있다

온통 헤어지는 기분
이 골목 저 골목에 불을 끈다
통속적 하루가 식어 가고 있다
우리가 훔친 것들이 만발한다
오늘 밤 참회는 죄다 아주 무참하게 길어진다
뒷문을 잠그고 들어야 한다

폐광

남편은 과수원집 아들
그에게 스민 과일의 피로 산다
열리다 열리다 지치면 사과가 툭툭 떨어지는 소리
문득문득 들린다고 했다
나는 못 듣고 그만 듣는다

사과는 새로운 감정이다
집 안 아무 데나 사과의 감정이 있다
내게 할 말도 봄에게 할 말도
그는 사과에게 했다
하얀 목책을 넘어 나는 날마다 사과 바깥으로 나가 놀
았다

그가 사과처럼 툭 떨어진 것
그 시끄기 식지 않고 돋아다니는 것
나는 그냥 까치처럼 홀로 앉아 있다
멀리 겨울 싸락눈이 내리고 사과들이 마르고 있다

죽음은 폐광이란 걸 알았다

사과의 비명 따위 들리지 않는 곳
탄소가 쏟아지는 갱도에 깜빡거리는 점멸등처럼
베란다 사과나무가 숨을 쉬었다 안 쉬었다 했다

살아서 나오는 사과는 한 개도 없었다

그림자

나는 자주 들켰다
나쁜 폐와 슬픈 아가미를

숨긴다는 건 뭔가요
스푼으로 나를 사라지도록 젓는 것
나는 풀어지지만 나는 줄어들지 않아

내가 없는 곳은 어디인가

그들은 그림자로 나를 보고 있다
그림자는 더 죄인인 것처럼 크고 검다

내 뒤에서 자꾸 넘어지고 자꾸 미끄러지는 것
그것이 나일까? 죄일까?

물끄러미 그림자의 긴 목을 바라본다.

때때로 잘린 단면은
내가 부서진 곳이다

나무다리

마추픽추 가기로 한 그날의 전날
눈이 내렸다

아침 7시
병실 밖이었어
"눈이 와."
간호사가 말했다

나는 누워서 수술실로 간다
폐 한쪽을 자른다고 해도
나는
가만히 있는 사람
마추픽추 못 가도
가만히 실려 가는 사람
이동 침대 오른쪽으로 우르밤바 강물이 흐르고
계단식 돌밭에서
스윽스윽 옥수수 이파리가 몸을 비빈다

긴 복도를 지나 엘리베이터를 기다린다

여기가 죽음의 계단인가
아슬아슬한 이 계단을 한도 끝도 없이 올라가면
마추픽추를 뒤로 하고
나는 가만히 수술실로 들어가야 하는 사람
마추픽추를 버리고 잉카 다리를 건너야 한다
문자도 기록도 없는 돌계단을 오르다 만난 통나무 다리
내가 건너고 나서
아무도 못 쫓아오게
이 통나무를 절벽 아래로 떨어뜨려야 한다

수술실 문이 열린다
가파른 마추픽추 공중 도시에 나는 드러눕고
수술칼들은 부스스 눈을 뜬다

마추픽추 가려고 눈 오는 밤에는 책을 읽었다
수억 개의 돌들을 미리 사랑했다

수술대였다
한 발을 들고 오를 때

"눈이 와."
나에게는 덩어리가 있고
너에게는 가루가 있는

옥수수 꺾다가 추락한 잉카 농부처럼
나를 꺾어도
빙글빙글 돌다
나는 가만히 있는 사람
밤은 어디에 있지?
마추픽추 어느 계단에 나는 쓰러져 있다

시인들

시는 천의 고원에 있는 쥐뺨만 한 점
고원으로 점을 찾으러 간다

천의 고원에서는 뭉게구름이 만져진다지 오, 가여운 곳
올라갈 길이 없어 아무것도 하지 못했어 걷다가도 북극여
우처럼 문득문득 발을 멈추고 서야만 했어 이 높은 고원에
있는 것이란 써야만 하는 실패와 주정뱅이 같은 피로와 가
끔 발을 만지는 따가운 가시덤불뿐 점은 평면에 서서 볼
수 없었어 이것이 풀인지 점인지 스라소니인지 춤추는 사
물인지 쓰러지니까 보였어 고원에선 시를 이끼라고 불러도
좋아 우리는 날마다 미끄러지면서 찾고 쓰러지면서 쓰는
이끼의 연인이니까

가여운 것들
갈들지 못하고 밤새 써도 평평해지는 무시무시한 시를
아무도 이해하지 못했어 점들은 파미르 고원으로 가고 나
는 꿈을 꾸었어 자작나무 밑동을 톱으로 자르니까 히드라
처럼 희고 단단한 점들이 쏟아졌어 열 손가락으로 움켜쥔
점들이 머리카락이 나고 얼굴이 자라 뭉게뭉게 시가 되는

그 황홀의 구름, 우린 때로 사람이 아닌 것처럼 행복해

세상의 부추와 마늘로 만든 행복과 아주 다른

네모의 이해*

이 네모들 너무 홀로 오래 있었지.

이 바위 앞에서 기억한다 기억된다. 네모를 그리던 사람 붉은 심장과 그의 네모를 이해한다. 태고의 흔적은 지금 말이 되고 있다. 그들은 왜 바위에다 수많은 네모를 그렸을까. 네모 안에 네모를 넣고 네모를 비틀고, 여러 겹의 마름모 속에 돌의 알들을 키우고 있다. 네모는 시간을 넘어 내게 오는 말 그들에게 가는 말.

네모에서 선사 시대 푸른 힘줄이 솟는다. 다산과 풍요의 웃음소리 들린다. 돌끝이나 무쇠 끝으로 수만 년 동안 끝나지 않은 말들을 새겼다. 그 간절했던 기원들은 지워지지 않는다. 날마다 날마다 울산 천천리에서 새 아침을 열고 깊은 밤 반짝이며 선사의 별자리로 태어난다. 이 시대와 닿고 싶어서 살아나는 네모, 이해한다.

---

* 울산 대곡천 반구대암각화 세계유산 등재를 위해 쓴 시.

백목련

깊은 봄밤
당신은 흰 꽃에게 말하듯 내게 말했다

우리 각자 새하얀 폭탄이 됩시다
불시에 안전핀을 뽑으려 했다

후두둑후두둑
사랑의 서쪽은 온통 하양

내 시에 이런 하양은 없었네
이런 폭탄은 없었네

수없이 나를 거기에 남겨 놓고
당신은 언제 없어진 걸까요

해바라기

기차로 우크라이나 벌판을 달릴 때
해와 해바라기 사이
안토니오와 지오반나가 서 있는 듯했다

사랑은 어디서나 글썽거린다

키가 자라는데 나는 서툴고

해바라기는
구름에 닿을 거라는
이유 하나와
금으로 된 꽃잎만으로
해 질 녘까지 웃을 수 있다

그 커다란 입을 막을 수 없다
꽃인데 드문드문 있는 뼈가 더 잘 자라는 성장 방식

불안이 없는 것처럼
노랑과 거짓이 섞인 말을 하며 꽃이 웃었다

녹슨 난간 안에서

해바라기는 지오반나보다 더 오래 흔들렸다

기차가 커브를 돌 때마다

서걱서걱

해바라기가 슬픔이 되는 소리를 냈다

4부
너무 하얀 것들

하얀 것들의 식사

양 한 마리
잔뜩 하얗다
갑자기 말이 없어진다
풀 옆으로 다가가 풀을 뜯는다
저리로 가서
부끄럼도 모르고
아주 잠깐 은밀하게 남의 것을 쉽게 뜯고 먹는다

하루 종일 자기를 질경질경 밟아야
밥이 먹어지는데
질경질경 밥을 밟고 서서
밥을 먹는다
하얀 것들도 밥 앞에서는 온 힘으로 까맣다

양 한 마리
밥을 만지는 입이 둥글고 아름다워 보인다
목화솜처럼 하얗게 생겼지만
아주 잠깐 남의 긴 풀을 베어 간다
저 불량한 식사를 위해

양은 노래할 입이 없다

풀에겐
새하얀 공포
얼음 같은 입
너무 하얀 것들을 나는 믿지 않는다

구름 도장

여기는
구름 지역
구름은 아프지 않지만 표면이 가려워요
잔뜩 흐린 날들
이 가려움이 무섭죠

스물여섯
첫 아이를 낳고
부스럼을 심하게 앓았어요
사과 한 개를 깎다가도
옆구리를 긁었어요
가려움의 감촉을 영영 잊어버린 사람들 뒤에서
북벽에다 몰래 부스럼을 부볐어요
도꼬마리 대 삶은 뜨거운 물을 자꾸 끼얹으면서

가려운 구름 밑에서
도장을 팠어요

'崔'자를 북쪽으로 놓고 흰 종이 끝에 도장을 찍었어요

귀를 막고
입을 가리고

그때
구름처럼 이별은 익숙하고
부스럼은 난해했으니까
우리는 골방에서 이름에 묻은 붉은 인주를 휴지로 닦
으며
농아처럼 울었어요

흐린 날
주민 센터 근처
쓰러진 구름 밑에서
도장을 다시 팠어요

창구 앞에
한참을 서 있다
그의 사망 신고서 끝에 도장을 찍었어요

맨 밑에 '崔'자가 붉게 살아 있었어요

어둡고 자주 위험했던 긴 구름 터널
터널을 나올 때
희고 검은 구름들이 북쪽으로 가고 있었어요

분실된 시

오늘은
정말 행복하게 지나가려고 했다
흐름과도 같이 어떤 별이 푸르게 변해 내게 떨어져 줄
것 같은 느낌이 들었다
잠시 후 고민에 빠졌다
잃어버린 만년필 생각이 났다
사랑을 잃고도 그걸로 시를 썼다
나를 뜨겁게 건드리면서 우는 것처럼 술술 푸른 잉크가
풀려 나왔다
죽은 사람처럼 그리웠다
만년필은 단 하나의 우리다
같은 우산을 쓰고 같이 몸을 뒤척이고 공기처럼 껴안고
새벽 기도를 다녔다 내가 누구를 새벽까지 생각하다 잠들
었는지 오늘 빨갛게 울고 싶다는 것 시 때문에 눈물을 쓱
쓱 닦으며 반성하던 그날들이 들어 있다
나로 만들지 않아도 무릎이 깊은 우리
만년필은 나처럼 정말 숨을 곳이 없다
외로운 사람 쓸쓸한 사람 또 하나의 그런 사람이다

올겨울은 눈도 없이 맨발처럼 차갑다

이미 잉크는 마르고 책꽂이 밑에서 침대 밑에서 오래 멈
춰 있던 굴참나무 아래서 먼지 흐르는 서재 구석에서 어쩌
면 아무 일도 아닌 듯 무수한 괄호들을 지우고 있을까

야생

시인에게 치매가 온다면
맨 먼저 산책하다 길을 잃겠지
숲속을 걷고 걷다가 공터가 나오면 우두커니 서서 새 떼
를 만나고 새의 언어로 구름의 언어로 말하는 사이 노을이
지고 어두컴컴한 풀 속에 가만 서 있으면 누가 손목을 끌
어다 집에 데려다 줄 것이다

딸이 탕 안에 물을 채우는 사이 아마도 나라면 비누를
풀어낼꺼야

스무 살 기억의 비누는 잘 풀리겠지

한 박스 다이알 비누가 마구마구 거품을 날리고
기억을 볼 수 있는 거울에 김이 서리면
옆에 서 있던 사람
사람 곁에도 없고 탕에도 없고
거품과 비누와 사람들을 몽땅 잃었다고 울고불고 무서워
할 거야

비누로 지운 것 중에

불러도 오지 않는 말 몇 마디 야생의 가지들

파랗고, 동그란 접시 같고

달 모양으로 된 거울을 만들면서 사물들이 거울 속에서 나를 찾는다고 나는 탕을 나갈 것이다

딸은 울면서 도랑에 빠져 맨발로 떨고 있는 나를 다시 찾아내겠지

탕에 물을 채우고 라벤다 거품을 또 한 번 내 줄 때

나는 탕 속에 더 깊이 남아서 말할수록 말을 잃어버리고 끝내는 라벤다 꽃을 버리고 물을 넘어서 탕을 나올 것이다

없어지는 것들과 함께 공기들을 휘저으며 말로 못하고 자꾸 뒤돌아보다 자욱한 안개 들판으로 사라질 것이다 두고 온 도시는 모두 희미한 얼룩 기다리지 않는 쪽으로 나는 갈 것이다

죄책감

오늘은 남편 3주기 기일
나는 오늘 오래오래 노를 저어야 한다
슬픔은 끈적끈적하고 사방으로 멀고 단단하다
사과를 깎고 있을 때
내가 욕조에 물을 틀고 있을 때
그는 나를 용서했을까
물을 잠그고 손을 말리고
노트북을 꺼내 어디를 펼쳐 봐도
용서받을 수 없겠지
용서처럼 달달한 휴식은 없는데
죄책감이 후회를 스쳐 지나갈 때
서로 뚫지 않고 왜 서로 은밀하게 스미나

용서는 어디서부터 시작되는지 보려고
몇 번이나 집을 걸어 나갔다
저수지 옆길을 돌아 발자국이 끝나면
이렇게 걸어서 곧 용서받을 수 있을까 하고 더 오래 걸
었다

집으로 오는 길

그는 언제나 용서할 듯한 얼굴로 안경을 쓴 채

물새처럼 바다로 가고

노을 아래서 나는 허공을 젓고 있다

죄책감은

모래 언덕

그칠 줄 모르고 푹푹 빠지는 다음 생애가 있다

흰 줄

언제나 하나님은 강 건너편에 서 있었다
저 멀리 나와 떨어진 곳

지익 눈부신 흰 줄 한 줄 긋고 서 있었다
흰 옷자락 여기저기 어떤 얼룩들
운 적 있다
오래 울어 본 흔적이다

갑자기 오후가 가도
그대로 서 있다
실컷 찔리고 싶은 나무 한 그루와 함께

나는 언제나 드러눕고 싶은 양 한 마리
하나님과 묘한 직각을 이룬다

고통스러운 일이다
하양은 사실 내 몸에 없는 색
세상에도 없고 싶은 색
나의 죄들은 노랗고 빨갛고 진분홍

가을 끝판인데
날마다 몸에서 꽃향기가 났다
거짓말에서 잠시 나는 냄새
아파도 아프냐고 아무도 물어보지 않았다

초겨울
강을 건넜다
12월
가슴도 손도 힘껏
그분의 등 뒤에서
몰래 흰 줄 한 줄 긋고 싶었다

빵과 꽃

한 손으로 빵을 잡으면 다른 한 손도 얼른 빵을 잡는다
눈물나게 협업하고 있다

양손에 빵을 들고 하루 종일 걸었다
종일 먹고 빵이 부풀면
그때부터 우리는 꽃도 바람도 보였다

밀밭을 흔들던 바람이 장미밭을 흔드는 것
빵은 언제 꽃을 알았을까

빵이
손등으로 쓱 문지른 건 뭐야

꽃이 되려고
한가득 문 눈물

삶의 절반은 빵 냄새가 나고

빵 말고 꽃이 궁금할 때도 있다

우리는 빵을 뜯으며 꽃 주변에서 잉잉거렸다

빵은 눈물이지만
빵의 근처에 꽃을 남겨 놓았다

편지

어떤 자작나무
손목이 하얗다
몰래 캄캄한 편지를 쓰고 나오는 중이다

몰래 쓴 편지가 하얗다
어떤 감정이 흰색을 뒤집어쓰고
쓸 수 없는 데를 쓴다
물 한 잔으로 적실 만큼 어떤 말을 하고 있다

봄인데도
편지는
지나간다
없어진다
떨어진다
툭툭
무슨 꽃처럼

그래도
나는 제법 잘 살고 있다

아침마다 여름 배춧잎처럼
입을 벌린다

종이가 구겨져도 우리는 알아본다
더 가늘고 더 안 보이고 더 누르는 희박한 글씨

몰래 입안 가득가득 넣고 다니다
어떤 말들을
녹였을까?

슬픈 장면
펴 보지 않아도
하얗다

잃어버린 것 옆에서
잊어버린 것 옆에서
말라 죽은 편지
하얗게 남아 있다

총의 무덤

힐끗 보았네

베란다 상자 속에 총 한 자루 있었지
아주 위태로운 자세로

그는 조금씩 총이 필요했을까?

달이 뜨면
달빛이 흘러야 할 곳에 총이 들어가 있었지
달빛 속으로 총은 어떻게 들어갔을까?

총은 날마다 나를 내려다보고 있었죠

총 끝에 달려 있을 허공
새까만 기웃듯이
힐끗힐끗 나를 보고 있었죠

총은 끊임없이 총소리를 기다릴 거야
나는 무서운 걸 자꾸 총이라고 깨닫는 사람

저녁엔 베란다를 바라보다 잠들었다
봄에도 꿈속엔 총이 지나갔지
믿었던 총알을 맞고 죽은 마리오 카바라도시가 되는 꿈
토스카처럼 애절하게 울다 두 발이 녹는 꿈
세상에 비극적으로 서 있는 모든 레버들을 당기는 꿈

그는 죽기 사흘 전
기관에 총을 반납하고 왔다

죽은 자는 불쑥 총이 되고
산 자들은 총으로 만든 부목을 대고
무서워서 조금씩 그를 잊었다

달이 뜨면
베란다는 불면이다
끝까지 무서운 일기를 쓰던 총의 손가락들과
이마가 하얀 빈 나무 상자
잠들지 못하고 있다

탕탕탕

쓰러뜨리고 싶은 검은 개들이 그렇게 많았었나?

가끔 텔레비전을 크게 켜 놓고 나는 울었다

민들레

꽃잎이 온몸을 던진다

허공을 한번 꽉 껴안으면 목숨이 빠지지 않는
가닥가닥 쏟아지는 주검이다

거꾸로 매달릴 만큼 매달리다
무시무시하게 싹이 나는 어머니

녹는다
노랗게 죽는다

지상은

땅속에서 보면

지상은
또 다른 땅속

배나무 뿌리가 떨고 있어요
울 듯한 눈으로 땅을 봅니다

땅속에서 보면

지상은
못 자국 핏자국 가득한 절벽
지푸라기 동네
떨어뜨린 배들이 살고 있어요

질긴 심지들이 피똥을 싸며 살고 있어요
무성한 오장육부가 살고 있어요
병든 척추끼리 서로 와 닿는 얇고 축축한 침대가 놓여
있어요

땅속에서 보면

지상은
씨앗들이 자욱하게 추락하는 곳
내가 헛발질 치는 사이 독한 양들이 풀을 뜯어 가던 곳

사람들은 잠들고 벌레들이 크게 우는 밤
배나무는 떨고 있어요

나는 매일매일 지상으로 내려가요

적의 크기만 한 기억

10년 전

남편은 여기다 집을 샀고

칠보산을 오르고

산꼭대기와 숲에 꽃씨를 뿌리고

나는 들길을 걷고 파밭을 돌다 숨차면

옥수수 그늘에서 쉬었다

아직도 거품이 부걱거리는 기억과 달빛에 끌려다닌다

어쩌면 기억은 이렇게 적 같고 차갑고 단단할까

저녁이면 악을 쓰고 이곳으로 돌아온다

여기는

봄꽃도 며칠 늦고

흐르는 마음도 없이

밤은 길고 낮은 쓸쓸한데

한 개의 침대와 몇 권의 시집과 관계에 무능한 나만 남

아 있는데

하루키 소설의 주인공처럼 봄날 노르웨이의 숲을 걷듯

산을 향해 걸어 봐도

기억은 10분마다 한 번씩 툭툭 밤송이처럼 떨어져 내게

오고 있는데

　죽음의 기억은
　적의 크기만 한 기억
　하얀 접시에 나누어 담고
　신이 가르쳐 준 대로 애통할 시간이 없다

공유

새들도 몰랐다

알의 영혼에 눈물이 가득한 것

달걀 한 판을 사면 서른 개의 서로 다른 생각들이 눈물
과 함께 딸려 왔다

나에게 죽음을 바치는 매우 미끄럽고 깊고 어두운 액
체들

누구들의 알일까

어머니가 매일매일 밥 위에 얹어 주던 뭉개진 알의 형식

그 형식을 누가 삶아도 졸여도 새들은 말이 없다

먹은 알들은 나의 어디엔가 서서 또 다른 내가 되고 있
었다

눈동자와 날개와 잘린 부리는 죽어서 눈물로 번역되고
이 흘린 눈물로 나는 몇십 년 시를 썼다

나를 열면 알들이 우르르 쏟아질 거야 몇 개의 나는 더
나빠지고 또 다른 몇 개의 악은 바닥에 떨어져 숨 쉬지 않
을지 모른다

저녁이면 모르는 척 각자의 이를 닦고 잠드는 집

슬픈 것 같아

그런 집에서 새로 살고 있는 것

죽음, 시간성, 꽃피는 고백

조재룡(문학평론가)

마음-고백성

세계의 우발적인 펼쳐짐-주어짐 앞에 인간은 그저 내맡겨진 존재인가? 이 우연은, 어쩌면 누군가의 기획의 소산이었던가? 이 세계는 '나'라는 실존과 그 실재, 존재와 그 원인을 규명할 수 없는, 어디에선가 추방된, 무엇으로부터 버려진 일종의 유배지일 뿐인가? 정체성을 벗어나는 모든 것들로 이루어진, 그 무엇도 자신의 자리를 견고하게 붙잡고 있지 못한, 끝없이 펼쳐지고 그저 또 사라지는 우연의 집합체이자, 이 우연에 위탁된 삶에서, 나라는 존재가, 잠시 '자아'라는 감옥에 붙들려 있을 뿐이라면, 이 세계 앞에서, 삶의 고갯길에서, 성스러움, 저 하얀 것들이 모두 자취를 감춘 시간, 자기도 모르게, 구강 너머로 새어 나오는 '고백'은 대체 무엇이며, 또 무엇에 소용되는가? '고백(confession)'의 어원을 이루는 라틴어 'fateor'는 '고백'이 자신의 과오나 실수를 인식하고, 누군가에게, 어딘가를 향해, 털어놓는 행위라고 일러 준다. 죄악을 인식하여 자발적으로 선언하면서, 목구멍으로 그 사실을 끄집어 공기 속으로 발화하는 행위를 의미하는 고백은, 거개가 사적이고 개인적이지만, 회개나 참회가 뒤따르기도 하는 의식의 검증이나 원죄의 토로에 해당되는 경우, 공개적이거나 사제를 대면하는 공간에서 이루어지기도 한다. 또한 『고백록』이나 『회상록』처럼 고백은 기록의 형태로 남겨지기도 한다. 대저 고백을 기록한다는 것은 무엇인가? 고백은 자아로는 충족되지 않는, 그렇게 하지 못하는, 가닿을 수 없는, 그러니까 자아가 배려할 수 없거나 관장하지 못하는 무엇, 이 무엇과 관련된 '발화 행위'라는 사실을 우선 기억해 두기로 하자.

고백은 나의 벽돌로 만든 나의 빨간 지붕이 달린 아직 아무도 열어 보지 못한 창문 같기도 하고 창문 아래 두고 간 그 사람 같고 내 앞을 떠나지 못하는 슬픔 같고, 흰 구름 같고 비바람 불고 후드득 빗방울 날리는 것이 눈보라 같아서 내 몸 같아서 나는 고백할 수 있을까?

───「고백의 환(幻)」에서

최문자의 시집 『우리가 훔친 것들이 만발한다』는 「고백의 환(幻)」으로 시작한다. 고백은 어려움을 동반한다. 마음 먹은 대로 입술은 달싹거리지 않으며, 고백의 실현 가능성은 자주 머뭇거릴 수밖에 없다. 고백의 말은 명쾌하게 저 앞을 향해 전진하지 못한다. 이는 고백이 내면에서 무언가를 끄집어내는 행위라는 점에서도 그렇지만, 내면의 무언가를 꺼내게 하는 어떤 힘 같은 것을 애써 찾아 나서야 할 뿐만 아니라, 정확히 인지하고 있다고 말할 수 없는 상태에서 고백이 진행되는 특성을 지니고 있기 때문에도 그렇다고 해야 한다. 고백은 이렇게, 자아가 관장하고 조절하는 무언가를, 명확하고 이성적으로 받아 내어 기술하는 것이 아니라, 삶의 고비와 고비, 그 마다마다 고여 있는 '이해 불가능한 것-신비한 것-소통 불가능한 것'을 오히려 그 기억과 명암을 더듬으며 부조를 만들어 나가듯, 직접 '수행'-'실행'한다. 고백의 말은 이렇게, '허깨비'('환(幻)')를 불러내며, 여러 각도에서, 이 '환'의 문법을 구사한다. 환의 문법 속에서, 고백은 '하얀 것'들을 구석구석 누비게 하고, 결국 거주하게끔, 한껏 비끄러매면서, 이 하얀 것들의 순간들, 그것이 도래할 어느 순간을, 찰나처럼, 백지 위에 불러내며, 이와 같은 일로, 순간의 도래 가능성에 내기를 건다. "~같고" 와 "~처럼"으로 연속된, 멈출 듯 멈추지 않는, 모이고 흩어지는 저 통사의 뭉치들은, 최문자의 시집 전반을 지배하는 고백의 발화가, 일시적이면서도 영원하고, 찰나적이면서도 지속적이며, 개인적이면서도 공동체적인 것들을, 슬픔이나 고통, 비극이나 그 마음의 무게를 재듯 수행-실행한다는 사실을 말해 준다. 고백은 나에게서 비롯된 말의 산물이지만, 자아를 벗어난 결과 비로소, 지금-여기 당도하는 말의 행성이자 그 좌표이며, 삶에서 방기되듯 스며든 기이한 순간들로 직조해 낸, 고유한 구문의 집합이기도 하다. 고백은 회전하는 통사들이 고리처럼 서로 연결되면서, 독특한 환유의 연속체, 자아를 빠져나가고-빠져나온 말들의 행렬처럼, 시집에서, 돌고 또 돌아 나오는 순환의 리듬을 만들어 낸다. 저 고백의 끝에 "무거웠던 내가 해체되는 굉음"이 자리하는 것은 바로 이 때문이며, 바로 이 순간, "새로 태어나는 외로움"과 같은, 무언가가 다시 착수되기 시작한다.

숲의 하루는 무참히 저물고
고백이 상하는 동안

고백이 그리운 사람들
그 어두운 골목에
우수수 떨어지는
부스러기
부스러기들
뒤집어 본다

고백이 거의 사라진 사람들이 걸어 나온다

화들짝 놀란다

고백을 삼킨 사람들이 얼마나 빠르게 짐승의 두 눈을 갖

는지

——「고백성」에서

고백은 그러나 한없이 슬픔이 차오르는 순간이나 눈물
이 흘러내리는 감정의 고조 상태에서 새어 나오는 말은 아
니다. 고백은 오히려 "눈물 나게 던져도 하얗게 죽지 않는
뼈들"(「고백의 환(幻)」)이 "하얗게 서성거"리는 순간을, 그러
니까, 발명하게 되는 "기도"와도 같다. 고백은, 따라서, 이중
구조 속에 갇힌다. 고백은 도래할 수 없는 것들에게 입을
달아 주며 모종의 약속을 표명하는 행위이며, 기도가 항
용 그러하듯, "몸 안에서도 몸 밖에서도"(「고백성」) 이 도래
가 "실패"로 귀결될 것을 알지만, 그럼에도 이 반복되는 실
패 속에서 그 가능성을 타진하겠다고 되풀이하며 건네는,
그렇게 약속하며 앞으로 투사하는 말이다. "고백의 성분"
은 실패의 원자들로 구성되어 있으며, 이는 인간 고유의 성
질에 속한다. 고백은 특히 '믿음', '마음', '느낌', '예감'의 언
어적 실천에 깊이 관여한다. 고백은, 마치 수도선서(隊道宣
誓)를 하는 자를 우리가 오래전부터 '선언하는 자'(profès)라
불러 왔듯, 구불구불한 미지의 길 위에 자신을 무턱대고
내맡기기 전, "마음 아래 흙이 생기고 뿌리"(「고백의 환(幻)」)

로 자라난 '믿음'을 '선언'하거나, 이 '믿음'을 '발화'한다("나
는 새하얀 것들을 믿는다/ 대부분 고백이라서"(「고백성」)는 수
행-실천적 의미를 담고 있다. 이성보다는 '마음'이나 '느낌'
이 고백의 기원이다.

> 핀 하나로
> 살아 있는 마음
> 사라지는 마음
> 맨손의 마음
> 흩날리는 마음
> 생피를 흘립니다
>
> 짐승의 살을 꿰매던 핀으로 나를 마구 꿰맬 때
>
> 밤에도 뾰족하게 서 있는 말들을 생각했습니다
> 무릎이 넘어가도 마음을 가지고 걸었던 붉은 말
> 말들은 둥근 것에서 출발하여 흉터에 닿습니다
>
> 말들이 돌아오면
> 슬퍼진 부분에서 나와
> 꼬리를 흔들고 싶어집니다
>
> ──「핀의 도시」에서

어느 하루

누구를 이해하는 데

꼭 아픈 자의 발목을 자르고 홀수의 감각을 만들고 얼음이

되어야 할까?

우리는

모두 알 듯 말 듯한 문장

느낌은

느낌 모두가 마음이라서

가득하다면

잎이 달린다

이 겨울

단추를 풀면

말의 과적으로 우리는 비틀거리고

가슴은 새의 유적지처럼 비밀로 가득 찰 것이다

—「사이」에서

　무언가를 '이해한다'는 것은, 어쩌면, 이해한다고 믿는 것
을 이해하는 것일지도 모른다. 마음, 스펀지에 붉은 잉크
가 스미듯, 겉잡을 수 없이 번져 나가는 마음, 문밖에서 서
성이다가 방문하는 예감, 어느 순간, 기습하듯 찾아오는 느

낌이라면, 단정한 논리, 가지런한 말, 차가운 머리로는 정돈할 수 없는 무늬와 결, 형상과 부피를 가질 것이다. 공들여 논리-이성의 공집합을 가려내고, 그 여백마저 놓치지 않으려 사유의 여집합을 궁굴리며 세계를 향해 '이해'의 문을 활짝 열어 놓는다 해도, 설명될 수 없는 것이 바로 "번지는 마음"("비 내리는 저녁/ 번지는 마음이라면/ 당신을 이해하는 데 꼭 띄어쓰기를 해야 할까?"(「사이」)이라고 시인은 말한다. 드라이버의 십자가가 한 치의 오차도 없이 딱 꽂힐 정수리를 가진 명철한 이해의 소유자, 자아-중심주의자의 차가운 손바닥 위, 이성-중심주의자의 냉정한 품 안에서 "당신의 낱말과 나의 말들은 무수히 감각을 잃어"(「사이」)고 만다. 고백은 "알 듯 말 듯한 문장"으로, "짐승의 살을 꿰매던 핀으로 나를 마구 꿰"는 것과 같은 행위, 그렇게 "밤에도 뾰쪽하게 서 있는 말들을 생각"하는 실천이기 때문이다.

죽음-시간성

고백을 실행하는 마음-느낌-예감은 '자아'의 소유물이 아니라, 자아의 비(非)실재성, 즉 영혼이 주재한다. "통속적 하루가 식어 가"(「재」)는 이 세계에 "우리가 훔친 것들이 만발"할 때, 고백은 "죄다 아주 무참하게 길어"진 "오늘 밤 참회"를 내려놓는 '유배'의 장소에서 만발하며, 신-미지-성스

러움 앞에서 죄를 지은 영혼, 신에게서, 성스러움에서, 멀어
져 가는, "번쩍거리는 비극"(「낡은 사물들」), 죄를 의식하는
영혼이, "나에게 죽음을 바치는 매우 미끄럽고 깊고 어두
운 액체들"(「공유」)을 이 세계 앞에서 토해 낸 말이다. 운명
을 기록하는 신의 손가락이, 이 세계에, 모습을 감춘 채 비
밀스레, 그러나 쉴 새 없이 움직이고 있을 때, 이 세계에서
산다는 것, 살아 있다는 것은, 어떻게 확인되는가?

　　누구의 잎으로 산다는 것

　　단 한 번도 내가 없는 것
　　새파란 건 새파랗게 운다는 뜻
　　뒤집혀도 슬픔은 똑같은 색깔이 된다

　　누구의 잎으로 산다는 건

　　많이 어둡고 많이 중얼거리고 많이 울먹이다 비쩍 마르고
　　많이 죽고 죽어서도 가을이 그렇듯 몇 개의 마지막을 재로
만들고
　　잘 으깨져서 얼어붙고 많이 망각되고
　　붉은 탄피처럼 나뒹굴고
　　사방에서
　　연인들은 마른 소리를 내며 밟고 가는 것

누구의 잎으로 산다는 건
한 번도 꽃피지 않는 것

어금니를 다물다 겨울이 오고
마치 생각이 없다는 듯
모든 입술이 허공에서 죽음과 섞이는 것

———「잎」

"우리는 아무도 죽어 보지 못한 사람"(「오늘」)으로 오늘
을 살아가고 있다. 살고 있다는 사실은 죽음이 경험될 수
없다는 사실과 조우한다. 경험하는 순간, 경험하는 주체라
부를 존재가 부재하기 때문이다. 죽음은 경험으로 촉진될
세계, 경험으로 환원될 공간과 물질이 모두 사라진 다음
의 시간에 놓인다. 죽음은 그러나, 비(非)존재의 저 부재하
는 '있음'의 자리를 현실에서 차지한다. 죽음은 현실에서 어
떤 존재의 사라짐을 의미하면서도, 누군가의 기억에, 마음
에, 느낌에, 자아 밖의 어딘가에서, 혹은 자아에 사로잡힌
시간을 벗어나, 편재하기도 하기 때문이다. 죽음은 누구에
게나 그렇다는 점에서 공정하다. 시인은 "누구의 잎으로 산
다"고 말하며, 이 공정함을 삼키고, "단 한 번도 내가 없는
것"을 체험하는 일에 문자를 쏟아붓는다. "죽음이 이 존재
안에서 그리고 이 존재에 대해서 가능성으로 드러나도록

그렇게 죽음에 대해 관계"하는 일은, 시인에게는 "모든 입술이 허공에서 죽음과 섞이는 것"으로 나타나며, 이는 "미래와 어제가 딸려 오고 득실거리는 실패까지 파고"(「오늘」) 드는 것, 다시 말해, 죽음의 "가능성으로 미리 달려가 봄"*이다.

삶과 죽음 어느 것이 더 무서운가
죽음은
죽자마자 눈을 더 크게 떠야 할 삶이 기다리고 있다
　　　　　　　　　　　　　——「2014년」에서

아무리 어두워도
하루는 무섭게 반짝인다
　　　　　　　　　　　　　——「낡은 사물들」에서

죽음의 기억은
적의 크기만 한 기억
하얀 접시에 나누어 담고
신이 가르쳐 준 대로 애통할 시간이 없다
　　　　　　　　　　　　　——「적의 크기만 한 기억」에서

---

* 마르틴 하이데거, 이기상 옮김, 『존재와 시간』(까치글방, 2006), 350쪽.

죽음을 이해하는 방법이 정말 있을까

나는 이 도시의 빵에 대하여 알고 있다

철사처럼 질긴 빵

빤짝이는 수많은 저 창문들로부터 쏟아지는 빵들

죽음의 발자국들이 너무 많이 찍혀 있다

빵 하나를 먹는 순간

빵의 감정에 찍힌 발자국까지 먹어야 한다

어쩌자고 청년은 위약 같은 빵을 이기려고 했나

—「위약(僞藥)」에서

사방에서 "죽음의 지푸라기가 날리고"(「2014년」) 세상은 죽음으로, "죽음의 기억"으로 진동한다. "산에서 죽고 견디다 죽고 희미해서 죽고 전력을 다해 꽃피려다 죽은 기쁨들"(「초식성」)로 시인은 "허(虛)"가 거주하는 곳으로, 순례를 하듯, 시를 쓴다. 시집은 이 유배지 같은 곳을 물들이는 '허'의 감각으로 진동한다. "사물들은 영영 다른 색으로 보"이며, "50년이 지난 지금", 시인은 저 "어두운 뒤뜰 허(虛) 위에서" 여전히 "심하게 흔들"릴 줄 안다고 말한다. 이 "퇴행의 감정"은 삶에서 죽음을 살게 하고, 죽음에서 삶을 몰두하는, 그렇게 "아름답고 나면/ 더 어두워"지는 감정이며, 시인은 매일 살면서 죽음의 시간을 체현할 수 있다고 믿는다. "오늘 죽도록 쓰고 내일 죽지 못했다"(「오늘」)는 구절은 시인이, 죽음을 머금은 시간을 과거-현재-미래가 차례로 교체

되는 선적 전개 과정이 아니라, 과거-현재-미래 사이에 기계적-논리적-산술적 구분이 취하된 일종의 '순환 과정'으로 사유한다는 사실을 알려 준다. 죽음의 시간은, 그 시간성은, 살아 있는 것들, 그러나 살아 있는 것에 잠시 붙들린 퍼즐 같은 저 사자들의 행렬 저 중간 토막 어디쯤에, 그것들이 고여 있는 현재의 시간, 그러나 그 파편의 부분들, 도래할 시제(時制)로 '미리 달려가 보는' 시간이다.

미리 달려가 봄은 현존재들에게 '그들'-자신에 상실되어 있음을 드러내 보이며 현존재를, 배려하는 심려에 일차적으로 의존하지 않은 채, 그 자신이 될 수 있는 가능성 앞으로 데려온다. 이때의 자기 자신이란, '그들'의 환상에서부터 해방된 정열적이고 현사실적인, 자기 자신을 확신하고 불안해하는 죽음을 향한 자유 속에 있는 자신이다.*

이 시간은 "막 떨어지려는 꽃잎과 막 울려던 나를 뚫고"(「꽃구경」) 나오는 시간, 그러니까, 완료되거나 완성을 꿈꾸는 것이 아니라, 방금과 이전, 근접 과거와 근접 미래의 시간, 움직이는 유동의 시간, 부유하는 액체의 시간이며, 선적 전개를 부수어 버리고 찰나의 순간들로 사건을 만들어 내는 무정형의 시간이다. 시는 망각에 대항하는 죽음의 시

* 앞의 책, 355쪽.

간이라는 영역에 발을 들여놓으며, 과거와 현재를 무지르며 솟아나는 죽음의 시간성을 움켜쥐고 여기저기로 전진한다. 과거("나를 버리고 갔다", "일기까지 써놓고 갔다", "그렇게 빠져나갔다", "두고 갔다", "집을 나섰다", "무작정 기차를 기다렸다")로 완결되려던 순간, 급습하듯 짓치고 여기로 걸어 들어오는 현재("망각처럼 느리다", "기차가 들어온다", "들어선다")의 시간이 바로 그것이다. '갔다'-'빠져나갔다'-'나섰다'-'기다렸다'에 '느리다'-'들어온다'-'들어선다'가 병렬식 구성으로 '동작 주체'를 실행하며, 과거와 현재에 가교를 놓고, 기묘한 터널을 파 놓는다. '너-거기-어제'의 '이전-과거-죽음'을 '나-지금-오늘'로 끌고 오며, 최문자는 바로, 이렇게, "산 자들과 죽도록 어울"리게 하며, "아주 긴 두 종류의 슬픔"을 연결 짓는다. 죽음은, 이와 같은 방식으로, 시집에서, 현존재가 지금-여기, 자신의 가능성을 향해 달려갈 때 선취할 수 있는 실존적 시간의 장(場)을 연다. 이 주관적인 '시간'은 "불안해하는 죽음을 향한 자유 속에 있는 자신"을 발견하는 언어적 실천이며, 죽음을 기억하는 고유한 방법이자, 함께 거주하는 방식이며, 도래할 무언가를 발화의 영역으로 끌고 와 지금-여기에 폭박하게 한다. 이 시간은 "자꾸 나를 베어 버"(「튜닝」)릴 때 당도하게 될, "평평한 수평의 음들"을 조절해 내는 시간이며, "헐리고 있는 사랑들이 흐려졌다 가물가물 돌아오는 시간", 환의 문법이 만들어 낸 반복과 순환의 시간이기도 하다. 이 시간은, "각기 죽음을 그때마다 스스로 자기 위에 받아들"*이는 시간, 선적 시간을 무지르고 솟아나며, 명멸하는 이미지들로 뒤발되는 시간, 죽음이 결코 생물학적인 의미의 죽음이 아니라, 오히려, 이미 존재하는 시간의 삶에 가해진 종언이자, 현존재가 기존의 삶과 결별하게 되는 존재 방식의 경계지점**이라는 사실을 토해 내듯 통보한다.

> 모든 냄새를
> 우르륵 일어나는 낯선 언어를
> 온몸으로 헤어진
> 우리가 버린 말들
> 침묵 소리 그리고 그리운 빛깔들을
>
> ──「튜닝」에서

소금처럼 말하고 소금처럼 웃는다 아무것도 썩지 않는다

---

* 앞의 책, 322쪽.

** "사망함에서 드러나는 것은 죽음이 존재론으로 각자성과 실존에 의해서 구성된다는 점이다. 사망은 사건이 아니라 실존적으로 이해되어야 할 현상"(앞의 책, 322쪽)이라고 하이데거는 언급한다. 이런 의미에서 "죽음은 현존재의 가장 고유한 가능성"이며, "이 가능성을 향한 존재는 현존재에게 그의 가장 고유한 존재가능성을, 즉 거기에서 단적으로 현존재의 존재가 문제가 되고 있음"(앞의 책, 351쪽)을 밝혀 준다. 하이데거는 시간성이 현존재를 구성한다고 보았으며, 현존재의 존재 의의를 시간성에서 찾는다.

아무것도 살지 않는다

— 「깊은 강」에서

허공에 흐린 예감이 있다

기다란 숨 같은

차가운 형식 하나

무서운 부력으로 숨어 있다

— 「흐림」에서

이 시간은 아무것도 살지 않는 시간이자, "그 무엇이 없어지지 않는 병"(「튜닝」)의 시간이며, "푸른 비극"(「진화」)을 보고, "불의 일기를 쓰고", "물로 떠돌"고, 그렇게 자아가 품고 있는 고뇌와 고통에 "나의 형식"를 갖추어 나가는 주관성의 시간이다. 시인은 죽음의 시간성을 다양한 방식으로 "튜닝"해 낸다. 세계 속에 던져진 현존재가 기존의 익숙한 모든 것과 결별하는 과정은 불안의 엄습이라는 형태로 다가오며, 바로 이 불안의 정서는, 최문자의 시에서는, 현존재의 진정한 존재 가능성을 열어주는 '마음'-'기분'-'느낌'-'예감'의 형태로 나타난다. 익숙한 것과의 결별-죽음은 '마음'-'기분'-'느낌'-'예감'의 언어적 실천 속에서, 단독자로서 세계와 조우하게 하면서, 현존재에게 새로운 가능성을 열어주고, 본래적 존재의 꿈을 회복하게 해준다.

죽음의 시간성은, 시에 무수한 마음-기분-느낌-예감에

무수한 감각의 괄호를 입힌다. 그것은 "텅 빈 적막"(「크레바스」)을 알아가는 '시적' 시간이며, "샛노란 꽃잎도 까맣게 타 죽으려는 것을" 깨닫게 되는 "세상 모든 정오"를 가리키는 시계추이자, "너도 나처럼 나를 돌고 있었다"는 사실을 알게 되는 마음의 시간이며, 그것들을 더듬어 나가는 촉각의 시간이다. 이 시간은 "청년의 허기를 모두들 이해"(「위약(僞藥)」)한다고 믿음을 흘려보내는 시간, "고백하려고/ 개 한 마리처럼 자꾸 손을 내"(「고백의 환(幻)」)미는 시간, "미숙하고 슬픈 기사처럼 함부로"(「2014년」) 돌린 "시계 바늘" 위를 반복해서 걸어가며 "죽음의 지푸라기"를 날리는 시간, 타인들이 "자기 의자로부터 사라지는 데 드는 시간"(「밤의 경험」), "바람 한 장 같은 5분"(「종소리」)이며, 그러나 "여전히 거기 있다가 문득/ 거기 없어도/ 아득한 공기처럼 무한히 지나가는 은하계 저편/ 흘러넘치는 그 어떤 시간"(「종소리」)이자 "어디에도 없는 나를 쥐고"(「오렌지에게」) "짐승처럼 나빠지고 싶은 오 두려운 여름", 그 불안과 두려움과 설렘을 기억하는 지금의 시간이며, "우리를 지나"간 시간, "거짓으로 빚어지는 둥그런 항아리 같은" 시간, "저것의 안을 깨뜨"려야만 비로소 만져지는, 오렌지를 가득 머금고 "어금니가 새파"랗게 물드는, 색깔이 반란을 일으키는 시간이다. 또한 그것은 "형용사처럼 영롱"(「우기」)한 "슬픔"의 시간이며 "깨끗한 얼굴을 숙이고/ 여린 풀을 먹는 기쁨"(「초식성」)으로 가득했던 "스무 살"의 시간, 그러나 지금 "녹여 먹다"가 "자주 들켰다"고 고백하는 지금-여기, 부끄러움의 시간이자, "한 줄의 글을 기다렸다 쓰고 지운 글들이 흙처럼 쌓"(「old한 연애」)인 "작은 엽서" 위에 머물고 있는 부동의 시간이며, "개와 내가 뒤집히는 꿈"(「개꿈」), "개가 되는 악몽"을 꾸며 무의식이 현실로 활보하는 시간, 이내 "여러 번 깨어"나 "꿈을 깨고 생각"하기 시작하는 의식의 시간이다. 이 시간은 "미래와 어제가 딸려 오고 득실거리는 실패까지 파고"(「오늘」)드는, 선적인 흐름에 역행하는 주관성으로 충만한 시간, 그러니까 "오늘"에 숨결을 불어넣는 시간, 오로지 이 순간들로 촉촉해지고 말랑말랑해지는 시간, 방금-막 도착했거나 방금-막 빠져나간 '아직'과 '여전히'의 시간, 이렇게 항용 미끄러지는 시간이자 "두 배의 죄를 짓"(「팔」)는 시간, "석기 시대 들녘으로/ 새들이 돌아오고/ 비린 바람이 돌아오"(「고부스탄」)는 태초의 시간이기도 하다. 그것은 "마추픽추 가기로 한 그날의 전날"(「나무다리」)이라는 사실적 시간이면서 "마추픽추를 뒤로 하고" "가만히 수술실로 들어가야 하는" 비동시적인 동시성의 시간, 그러니까 '같은 시간에(at the same time)' 살고 있으나 '같은 시간 속에(in the same time)' 살고 있다고 말할 수 없는 시간, "아슬아슬한"(「나무다리」) "죽음의 계단"을 "한도 끝도 없이 올라가"는 컴컴하고 축축한 시간, "태고의 흔적"(「네모의 이해」)이 "지금 말이 되고 있"는 시간, "선사 시대 푸른 힘줄"처럼, 저 상형문자 "네모"가 "이 시대와 닿고 싶어 살아나는" 진정

156

한 발화의 시간, "먼지 흐르는 서재 구석에서 어쩌면 아무 일도 아닌 듯 무수한 괄호들을 지우"(「분실된 시」)는, 하염없다고 할 시간, 그러니까 시의 시간, 시를 궁리하는 시간, 당신을 만나는 시간, 당신의 편재를 보는 잠시라 할 시간, 애닮은 시간, 간절한 시간, 슬픔의 시간, 절망의 시간, 고통의 시간, 그리움의 시간이며, 이 모든 시간의 끝에서, "하얀 것들"(「하얀 것들의 식사」)이 피어나는 시간, "얼음 같은 입"(「야생」)이 "새하얀 공포"를 중얼거리는 시간, "스무 살 기억의 비누"가 이 세상에서 "없어지는 것들과 함께 공기들을 휘저으며" 거품처럼 풀려나오는 시간, "갑자기 오후가 가도"(「흰 줄」) 내 옆에 "그대로 서 있"는 "실컷 찔리고 싶은 나무 한 그루"의 시간, "어떤 감정이 흰 색을 뒤집어쓰고"(「편지」) 내 손에 만년필을 쥐어 주는 시간, 그렇게 "잃어버린 것 옆에서", "잊어버린 것 옆에서", "말라 죽은 편지"가 "하얗게" 남겨지는 시간, "세상에 비극적으로 서 있는 모든 레버들을 당기는 꿈"(「총의 무덤」)을 꾸는 시간, "내 뒤에서 자꾸 넘어지고 자꾸 미끄러지는 것"(「그림자」)이 "10분마다 한 번씩 툭툭 밤송이처럼 떨어져 내게 오고 있는"(「적의 크기만 한 기억」), 저 기억의 타래에 엉켜 묻어나는 "10년 전" 위로 중첩되는 시간, 죽음이 "엉터리"(「빠름 빠름 빠름」)가 되는 시간이다.

시-발생

최문자의 시에서 이미지 하나가 우뚝 솟아나, 우리를 어디론가 끌고 가는 장면들을 자주 마주한다. 회상은 감각적이지만, 감각은 연상을 통해 그려줄 수 있는 이미지들을 하나로 모아 연결하면서, 날렵한 걸음으로 백지 위로 미끄러진다. 우리는 이것을 '느낌'을 주재하는 행위라고 부를 수 있을 것이다. 느낌은 붓의 날렵한 터치처럼 시 전역으로 확산되면서, 복합적이며, 중층적인 언어로, 마음의 심급을 열어 보인다. 솟아나는 것은 이미지이지만, 시를 끌고 가는 것은 말이다.

미지근한 것들은 불길해 공원을 걷다가도 미지근하게 피는 꽃의 최후를 본다 어려서부터 미지근한 것들의 최후를 읽었다 이곳에서 미지근한 빵을 먹으며 지낸다 미지근한 욕조의 물처럼 미지근한 기도처럼 그날 데모 군중 끝에서 미지근한 얼굴로 따라가던 어떤 시인처럼 가장 늦게 남아 있는 나의 온도, 무슨 정말인 것처럼 날마다 멀리서 나에게 오고 있다 이렇게 생각이 다른 빵을 먹고 멸망할 수도 있어

미지근한 것을 꽉 깨무는 순간 분명해진다 세상은 맹세처럼 시고 달고 짜고 매운 혀가 넘쳐 난다 저마다 다른 빵을 찾는다 어제와 같은 미지근한 오늘인데 세상의 혀는 왜 자꾸만 정확해지는 걸까 기다리지도 않는데 돌아오는 생일, 그것조차

나의 것이 아닌 것 같은 기분 모서리 없는 미지근한 생일 축
하 케이크를 자른다

　　　　　　　　　　　　　　　　　—「다른 빵」에서

　어렴풋이 채송화 몇 송이 펴 있고 어렴풋이 벌레들이 기어
가고 어렴풋이 새들이 날파리처럼 날아다니고 어렴풋이 눈사
람이 녹고 사람들은 어렴풋이 사람인 것처럼 보였다 어렴풋한
세계가 벼랑 저 아래 있었다
　20층에서 내려와 땅을 디디며 어렴풋해지는 연습을 했다

　　　　　　　　　　　　　　　　　—「수업 시대」에서

　이른 새벽
　빠른 케이티엑스 타고 세 시간 달리는 동안 프랑스 작가 키
냐르의 난해하고 두꺼운 소설 한 권 읽어 치우고 남자 만나
식사하고 커피 마시는 동안 하고 싶은 말은 한 마디도 못 꺼
내고 애매모호한 기분으로 쫓기듯 부산으로 가서 두 시간 문
학 강의하고 질문받고 뒷풀이까지 하고 빠른 케이티엑스 타고
다시 서울로 올라와 서울역 대합실에서 이혼하고 싶다는 후배
시인 제대로 말리지도 못하고 겨우 자판기 커피 한잔 같이 마
실 때 후배는 해쓱한 얼굴에 아직 눈물도 지워지지 않았는데
손 몇 번 흔들어 주고 집으로 돌아와 샤워까지 끝내도 엉터리
하루가 끝나려면 아직 30분이나 남아돌았다.

　　　　　　　　　　　　　　　　　—「빠름 빠름 빠름」에서

　　　　　　　　　　　　　　　　　　　　　　　　159

"미지근한 것들"이 시적 언술 전반에서 병렬 전략적 (paratactic) 단위를 이룬다. "미지근하게 피는 꽃"-"미지근한 것들"-"미지근한 빵"-"미지근한 욕조의 물"-"미지근한 기도"-"미지근한 얼굴"-"미지근한 오늘"-"미지근한 생일 축하 케이크"처럼, 동일한 구성의 나열은, 분절된 호흡을 추동하는 배치를 통해, '부차적'-'문법적'-'위계적' 질서에 안주하거나, 구문들이 서로에게 종속되거나 수식의 범주에 포획되는 대신, 각각 독립적-자율적-독창적으로 변주되어 자기 고유의 단위를 창출하면서, 느낌-마음-예감처럼 '표현할 수 없는 것들'을 고백의 격자에다 특이하게 주조해 낸다. "그것조차 나의 것이 아닌 것 같은 기분"은, 논리적 언어로 설명되거나 기술되는 대신, '미지근함'의 연쇄를 통해 발생하는 '정동'의 흔적이다. 언술 전반을 조직하는 이 '미지근함'의 리듬을 통해, "맹세처럼 시고 달고 짜고 매운 혀가 넘쳐"나는, 이 "세상"에서, "미지근함으로부터 탈구된 단한 줄의 시"를 실현하고 싶은, 그러나 실현되지 않은 열망이 정점으로 차고 올라, 세상의 모든 역설이 그러하듯, 예기치 무한 결과처럼 언술 속에서 휘발되다 "어렴풋해지는"도 마찬가지다. "어렴풋해지는 연습"은 "높이를 향해 몰려드는 것들"(「수업 시대」)에 대한 자기 방어 기제나 고층 아파트에 익숙해지려는 시도가 아니다. 그것은 오히려 벼랑의 감각, 허공의 마음을 '지상'에서 실현하는 주관성의 힘을 조직하는 원천이다. "애매모호한 기분"도 마찬가지다. 무언가 서두르는 것이 분명한 이 작품의 리듬은, 구두점이나 접속사를 일체 생략한 병렬 연결사('~고')로 이어지는 단문들이, 차츰, 포화의 상태를 이루면서, 숨 가쁜 마음을 빚어낸다. 이 "빠름과 빠름 사이 가볍고 짧고 허기진 쓰디쓴 시간"(「빠름 빠름 빠름」)은 나를 기다리지 않는다. 병렬 전략적 구성은 이처럼 사건을 마감하지 않고 단속적으로 달음질치는 리듬을 만들어 내는 것이다. 중요한 것은, "시간이 아닌데 무슨 시간이라도 되는 듯한", 저 "빠름 빠름 빠름"이 엉망으로 만들어 버린 "엉터리 하루"를 실현하는 것이 이 '병렬 전략적' 통사라는 사실이다.

사과를 사과라고 부르면 사과가 사라진다 노트에 사과라고 적었다 사과는 기척이 없다 사과는 죽고 우리는 사과의 무덤을 사과라고 읽었다 사과는 사과 속에서 나와 사과를 넘어 사과 아닌 것들에게 가 있다 죽고 싶은 데로 가 버리는 사과들 사과를 시로 썼지만 사과가 없는 채로 썼다 사라진 사과들은 이상하게 타인의 무릎 위에서 비 맞은 흙 속에서, 혹은 북유럽 관목 숲에서 쏟아지는 눈 속에서 찾아냈다

파꽃을 그리는 화가에게 들었다 파꽃을 그리면서 수년 동안 파꽃을 무참히 죽였다고

어떤 날은 밤새 부스럭거린다

사과들이 발생하고 있다

─「부화」

'사과'라는 낱말은 '사과'라는 실체가 아니다. '사과'라는
대상에 붙여진 '사과'라는 이름은 사회적 협약일 뿐이다.
'사과'라고 백지 위에 적는다고 해서, 이 백지 위에 '사과'가
놓일 리 없다. 말은 '실체'가 아니라 '형식'이다. 우리는 '사
과'를, 당신 저 과수원의 '사과', 시인의 개별화된 기억과 추
억 속에 존재하는 '사과'(즉, 'apple')라고 할 수도 있으며, 삶
이나 타인에게 고하는 사과, 그러니까, 'apology'라고도 할
수 있을 것이다. 또한 140명의 사상자를 낸, "앞발을 들고
알프스 산을 들이받"(「흐림」) 은 "비행기" "저먼윙스"사건을
텔레비전에서 볼 때, 과도를 들고 마침 깎고 있던 '사과'라
고 할 수도 있다. 시는 매우 정치하게 '사과'를 중심으로 과
거-현재-미래의 경험을 주관적으로 살려 내며, 시시각각,
감정을 입히고, 마음을 털어놓고, 죽음의 시간성을 살려 낸
다. 우선 '사과'를 입 밖으로 꺼내는 일이 행해진다. '사과'
를(라고) 발음해 보자. 이 [sa:gwa]라는 음성은 곧 대기 속
으로 흩어진다.("사과를 사과라고 부르면 사과가 사라진다") 이
내 시인은 "노트에 사과라고 적"는다. 그러나 방금 적은 이
"사과는 기척이 없다"라고 말한다. 누군가와 함께 심었던
저 과거의 "사과"는 시들었거나, 사라졌다. 해가 바뀐 것이

라고 해도 좋겠다. 나는 "사과"와 더불어 '그'와 삶을 함께 살았다. 이후, "사과는 죽고", 시인은 "사과의 무덤을 사과라고 읽었다"고 적는다. 누가 읽었는가? 시인은 "우리"가 그랬다고 적어 놓았다. 죽음은 여기서 '사과'와 우리의 반쪽으로 공분(共分)된다. 그러자 이상한 일이 발생한다. "사과는 사과 속에서 나와 사과를 넘어 사과 아닌 것들에게 가 있다". 시인은 '사과'를 이런 방식으로 흔들어 깨운다. '사과'는 이 '사과'를 함께 심었던 자, 부재하는 당신에게 당도한다. 그러기 위해서 'apple'인 "사과"에서 "사과"는 빠져나와야 한다. '사과'는 여기서 'apple'과 'apology' 사이 어디쯤에 놓인다. 'apple'과 'apology'가 서로 충돌한다. 이 둘을 충돌시켜 다시 "사과"가 탄생한다. "죽고 싶은 데로 가버리는 사과들"은 과수원의 '사과'가 가닿는 언저리이자, 그 마음의 표현("죽고 싶은 데로")이다. 그렇다면, 이 '사과'는 'apology'인가? '죽고 싶은 마음'인가? 아니, 이 둘이 접점을 이루는 어디쯤인가? 시인은, "사과를 시로 썼지만", 애당초 저 과거의 사과가 "없는 채로 썼다"고 말한다. 사실인가? 아니다. 우리는 이마저 확신하지 못할 것이다. 왜냐하면 시인은 이 "사라진 사과들"을 "이상하게 타인의 무릎 위에서 비 맞은 흙 속에서, 혹은 북유럽 관목 숲에서 쏟아지는 눈 속에서 찾아냈다"고 말하기 때문이다. 바로 이런 방식으로 '사과'는 편재한다. 시에서 '발생'한다. 시에서 발생한 이 '사과'는 과연 어떤 '사과'인가? 주관성을 한 아름 머금고 있는, 'apple'

과 'apology' 사이에 머무는 듯하나, 'apple'과 'apology'의 경험, 그것의 기억, 그 역사를 머금고 있는 '사과', 우연히 발생한 불행의 사건들이나 비극의 사고들, 여기서 빚어진 마음이나 느낌, 감정, 죽음의 시간을 살아 내는 '사과'는 아닌가. "사과"는 병렬 전략적 구성의 산물이다. "사과"가 아니라 "사과들이 발생하고 있다".

병렬 전략적 시 쓰기는, 최문자에게는, 기억, 회상, 사건의 구성 방식과 연관된다. 한 잔의 물을 마실 때, 그 액체가 목에 젖는 아주 짧은 순간 찾아든 감각을 그대로 따라간 의식의 흐름과 이 흐름이 연상을 통해 피어 낸 시적 장면들(「물의 기분」)은 지극히 감각적이다. 이 감각은 또 다른 회상과 포개어지면서, 물속에서 허우적거리는 자아를 기어이 백지 위로 끄집어내는 기이하고도 독특한 병렬적-역설적 구성 덕분에 살아난다. 도심에서 "더러운 종이컵을 만지작거리며"(「목화밭」) 살아가면서 갖게 된 "이마에 얹히는 죽은 솜의 느낌"을 기습하듯 실현하고, 어느 비 오는 날, 바닥에 떨어져 축축하게 너부러진, "골에 공을 넣게 해 주는 모호한 나의 어시스트"(「부활절」) 같은, 찰스 해돈 스펄전의 저서가 하늘을 향해 잠시 내쉬는 단말마 같은 숨겨울 닮아내며, "활주로에서 막 떠오르는 비행기 한 대 같은 그리움"(「팔」)을 "먼 나라의 시계를 차고" 헤아려 보고, 밤에 빛나는 영롱한 불빛으로 비극을 비추는, 이 슬픔을 포착하는 시적 감각은, 이성-논리-자아의 영역에 거주하지 못하는 믿음이나 마음이 고백의 옷을 입고 우리를 찾아온 것이다.

　얼마나 낮이 무거운지 새들은 밤에 죽습니다 밤은 가끔 내
맘에 듭니다 증거 없이도 믿어집니다 밤에는 눈을 부릅뜬 물
고기를 때려잡지 못해도 와인 잔을 들고 취해 본 적 없어도
비틀거리다 자주 웃고 그리우면 눈물 핑 돕니다 이유 없이 한
계절에 몇 번씩 그가 나를 모른 체해도 밤이 와 주면 밤의 가
게처럼 철문을 닫고 사계절 검은 의자에서 나의 실패담을 썼
습니다 아직도 나는 별빛이 모자랍니다 낮이 얼마나 쓰라린
지 벌레처럼 밤에 맘 놓고 웁니다 낮에 아팠던 자들의 기침
소리가 들립니다 낮 동안 너무 환한 재를 마시고 밤에 심한
기침을 합니다 쿨룩쿨룩 참았던 낮이 불쑥불쑥 튀어나옵니다
피가 섞여 나옵니다 어떤 기도가 이 밤을 이길까요

──「밤에는」

　밤은 힘이 세서, 누구도 잘 이기지 못한다. '그'는, '당신'
은, 저 "온통 하양"(「백목련」)으로 만발한 곳에, "수없이 나
를 거기에 남겨 놓고" 사라진 "당신"은, 밤에도, 낮에도, 돌
아오지 않는다. 시인은 오지 않는다는 사실을 알고 있다.
오지 않는다는 사실을 알고 있으면서, 시인은 "밤이 와 주
면 밤의 가게처럼 철문을 닫고 사계절 검은 의자에서 나의
실패담"을 쓴다. 밤은 도대체 이길 수가 없으며, 물리칠 수
도 없다. 밤은 "증거 없이도 믿어"지는 시간으로 가득하기

때문이다. 밤은 낮에는 눌러 놓았던 고통이 만개하는 시간, "낮에 아팠던 자들의 기침 소리"가 들리는 시간, 시의 시간이다. 낮에 머금은 것들이, 신음이 되어, 울음이 되어, 나에게서 빠져나오는 시간이 시집을 가득 적신다. 슬픔과 참혹함의 교차로에서, 시인은 죽음이 헐렁하게 빠져나가게 내버려 두는 대신, 삶의 가치를 되돌아보고, 성스러움의 순간들을 체현하는 밑거름으로 삼는다. 이 시집은 불가능함과 비극을 주관성 가득한 죽음의 언어로 실현하고, 꾹꾹 견디면서, 슬픔의 눈부심을 쏟아내고, 우리가 아름다움이라고 부를 수 있는 가능성을 한껏 쏘아 올린다.

지은이   **최문자**

서울에서 태어났으며 『현대문학』을 통해 등단했다. 시집으로 『나무
고아원』, 『그녀는 믿는 버릇이 있다』, 『사과 사이사이 새』, 『파의 목
소리』 등이 있다. 박두진문학상, 한국시인협회상, 야립대상 등을 수
상했고 협성대 총장을 역임했으며 현재 배재대 석좌교수로 재직 중
이다.

우리가 훔친 것들이 만발한다

1판 1쇄 펴냄 2019년 5월 10일
1판 3쇄 펴냄 2022년 1월 24일

지은이 **최문자**
발행인 **박근섭, 박상준**
펴낸곳 **(주)민음사**

출판등록 1966. 5. 19. (제16-490호)
서울특별시 강남구 도산대로1길 62(신사동)
강남출판문화센터 5층 (06027)
대표전화 02-515-2000 / 팩시밀리 02-515-2007
www.minumsa.com

ⓒ 최문자, 2019. Printed in Seoul, Korea

ISBN 978-89-374-0875-5 04810
     978-89-374-0802-1 (세트)

민음의 시
목록